Barbara Boy

Mord
über sechzig

Kriminelle Kurzgeschichten

Copyright: © 2020 Barbara Boy
Lektorat: Erik Kinting – www.buchlektorat.net
Umschlag & Satz: Erik Kinting
Titelbild: G. Kunzendorff: »Coronas Wege« (Mischtechnik; Bildausschnitt)

Verlag und Druck:
tredition GmbH
Halenreie 40-44
22359 Hamburg

978-3-347-20879-7 (Paperback)
978-3-347-20880-3 (Hardcover)
978-3-347-20881-0 (e-Book)

Bibliografische Information der Deutschen Nationalbibliothek:
Die Deutsche Nationalbibliothek verzeichnet diese Publikation in der Deutschen Nationalbibliografie; detaillierte bibliografische Daten sind im Internet über http://dnb.d-nb.de abrufbar.

Für meine Freundinnen.

Das Alter, egal in welcher Phase, führt zu mörderischen Gedanken. Das kann leider nur der verstehen, der es wirklich selbst erlebt hat.

Inhalt

Einleitung

Die Gruppe der schreibenden Frauen, die sich selbstironisch *Sexy Sixties* nennt, hat nach zwei Jahren ihr nächstes Treffen verabredet. Der Erfolg ihrer Kurzgeschichtensammlung unter dem Titel *Sech(x) über sechzig* hat sie ermutigt weiterzumachen. Inzwischen haben sie sogar eine eigene Agentin, die von der Idee, endlich eine Fortsetzung auf den Markt zu bringen, begeistert ist.

Isa, Lilo, Trudi, Dana, Luise und Marga sind sich einig: Im Alter über sechzig, egal in welcher Phase, kommen jedem irgendwann mörderische Gedanken. Aber das kann nur verstehen, wer es selbst erlebt hat. Deshalb haben sie ein aufregendes Thema für ihre neuen Geschichten gewählt: Diesmal geht es in allen um Morde.

Die einzigen Vorgaben, die die Agentin den Frauen ans Herz gelegt hat, entsprechen ihrer Erfahrung in der Buchbranche: »Der Markt ist überschwemmt von Krimis, also macht etwas überraschend anderes. Erstens: Möglichst wenig Blut, weil davon die meisten Bildschirme und Büchertische schon triefen! Zweitens: Eine Handlung, die die Leser herausfordert, den Tathergang selbst zu finden! Drittens: Vergesst auch hierbei euren Humor nicht – je schwärzer, desto besser. Gute Krimis sind gute Geschichten und gute Geschichten sind wie guter Wein: Sie müssen ein Lächeln ins Gesicht zaubern. Bei Krimis kann das gerne ein Grinsen sein; ob diabolisch, höhnisch oder zufrieden ist egal. Und achtet darauf, dass das alles anonym bleibt, sonst werdet ihr noch von jemandem verklagt, der meint, sich wiederzuerkennen.«

Wieder sitzen sie bei ihrem Treffen um den Tisch. Die Geschichten werden ohne Kennzeichnung der jeweiligen Verfasserin in eine große Schachtel gelegt. Dann entscheidet ein Los, welche der Frauen eine herausziehen und vorlesen darf. Sollte jemand den eigenen Text erwischen, muss getauscht werden. Ihre Lieblingsgeschichten sollen dann veröffentlicht werden, unter dem Titel *Mord über sechzig.*

Tote Augen vom Tauentzien

Vorgelesen von Luise

Dichtes Gedränge vor der sich öffnenden U-Bahn-Tür. Die ältere Frau im Rollstuhl trägt einen ockerfarbigen Parka. Sie beobachtet aus sicherer Entfernung die sich vorwärtsquälenden Menschentrauben, um diese frühe Nachmittagszeit meistens Shopping-Touristen: vormittags Museum, nachmittags Mode. Die Gegend um *Kurfürstendamm* und *Tauentzien* ist weltweit als Berlins Einkaufsparadies für dicke Geldbeutel bekannt. Die Frau im Rollstuhl hat vier Engländer gut im Blick. Beide Ehepaare sind gediegen und teuer gekleidet, britisches Understatement.

Die Ecke ist gleichzeitig ein Eldorado für Diebe. Der *Veteran* und die *Security-Frau* haben den *Kontakt zu den englischen Paaren hergestellt. Der Veteran* (Trenchcoat, Burberry-Schal, Regenschirm mit Gehstockgriff) mimt immer den alten Alliierten, der der Liebe wegen in Berlin hängen geblieben ist. Er freue sich so, seine Muttersprache zu hören, Landsleute zu treffen, und hoffe, sie seien gut untergebracht. In welchem Hotel sie denn logieren? Als sie eine teure First-Class-Unterkunft nennen, salutiert er mit zackiger Geste, wünscht angenehmen Aufenthalt und verschwindet er in der Menge.

Die Engländer sind glücklich über das angenehme Treffen mit dem alternden Landsmann, einem Veteranen aus der Zeit des Vier-Mächte-Status noch dazu.

Sein Salutieren ist für die *Security-Frau* (drahtig, durchtrainiert, kurze Haare) das Zeichen zum Auftritt. Zielstrebig schiebt sie sich vor die Gruppe, sodass die Leute die Aufschrift *Security* auf dem Rücken ihres Lederblousons lesen können. Sie überprüft mit schnellem Blick die Umgebung, dann dreht sie sich um und breitet die Arme aus. Wenn die Opfer erschrocken stehen bleiben, zieht sie mit professionellem Griff einen Ausweis aus der Hosentasche, klappt ihn kurz auf und wieder zu. Gleichzeitig redet sie warnend auf sie ein. Es seien gerade Taschendiebe gemeldet worden. Sie möchten bitte vorsichtig sein und ihre Portemonnaies sichern. Automatisch greifen die Männer an die Stellen, wo ihr Geld steckt. Die Damen schließen Reißverschlüsse oder tasten in Jackentaschen nach ihren Börsen. Eine von ihnen packt den teuren Fotoapparat in ihren Designerrucksack und hängt ihn sich nach vorne um. Schon ist die aufmerksame Warnerin wieder verschwunden.

Das alles muss jemand genau beobachten, der sehr unauffällig agiert. Die Frau im Rollstuhl hat diese Person bisher noch nicht ausmachen können. Die anschließenden Überfälle laufen jedoch stets nach dem gleichen Muster ab, sobald der Zug einfährt.

Auch heute werden die ausbaldowerten Engländer im Gedränge von einer Gruppe junger Männer eingeschlossen, die Jogginganzüge anhaben und Sporttaschen tragen. Einer hat Stöpsel in den Ohren und scheint etwas mitzusingen. Seine Lippen bewegen sich fortwährend. Die Jungs wirken mit ihren untersetzten muskulösen Figuren und den geschorenen Köpfen wie Judokas oder Turner. Aggressiv drücken sie die Leute in die U-Bahn, wobei sie absichtlich Körperkontakt herstellen. Unter den höflichen gutmütigen Verwarnungen der Briten schieben sie sich beim Einsteigen dicht um die Ehepaare. Im Türbereich bedrängen je zwei die Männer, die Frauen bekommen es mit je einem zu tun.

Als die Briten merken, was los ist, beginnen sie Widerstand zu leisten. Während sie wütend versuchen, die zielstrebigen Hände der Bande abzuwehren, ertönt das Abfahrtssignal und das rote Warnlicht über den Türen leuchtet auf. Im letzten Moment springen die Diebe aus der Bahn. Überfall und Flucht sind auf die Sekunde geplant. In verschiedene Richtungen sprinten sie davon.

Einer von ihnen rast auf die Frau im Rollstuhl zu. Weil er im Laufen seine Jacke auszieht, verliert er das Gleichgewicht und stolpert direkt vor die Fußrasten ihres Gefährts.

Wütend, aber in doppeltem Sinne gelähmt, kann sie ihn nur anschreien: »Verdammte Verbrecher!«

Mit toten Augen blickt er auf und zischt: »Schnauze, Omma! Isch disch Krankehaus!«

Sie hält dem Blick stand. »Jungchen, nett von dir, musst aber bisschen besser Deutsch lernen«, kontert sie.

Blitzschnell ist er wieder auf den Füßen. Drohend hebt er die Faust und fixiert sie mit tiefschwarzen schmalen Echsenaugen. Dann springt er ins Gleisbett und verschwindet über den nächsten Bahnsteig.

Die Frau rollt Richtung Lift. Sie hat das Gefühl, beobachtet zu werden. Routiniert wendet sie, um rückwärts in den Aufzug zu gleiten. Sie ist alarmiert, scannt ihr Umfeld. Der Bahnsteig füllt sich schon wieder. Mehrere Menschen interessieren sich für ihr Rollmanöver, aber keiner kommt ihr verdächtig vor.

Während der Fahrstuhl nach oben schaukelt, registriert sie, wie eine dunkel gekleidete Person eilig die Treppe am anderen Ende des Bahnsteigs hinaufhastet, obwohl inzwischen kein Zug angekommen ist. Fröstelnd zieht sie die Kapuze des Parkas über den Kopf.

Auf dem Heimweg muss sie immer an den starren Blick des Diebes denken. Augen wie kleine Glasmurmeln zwischen den verengten Lidern, ohne Gefühl. Wie ferngesteuert. Was mag den jungen Kerl veranlasst haben, kriminell zu werden? Da muss man genauer hinsehen.

Langsam lenkt sie ihren Elektrorolli durch die Menschenmassen auf den Gehsteigen. Sie nimmt extra eine längere Strecke, die sie über mehrere Fußgängerüberwege Richtung Tauentzienstraße führt. Während der Wartephasen schaut sie die Menschen um sich herum aufmerksam an. Besonders genau kontrolliert sie über ihre Rückspiegel die Leute hinter sich. Die meisten interessieren sich überhaupt nicht für ihre Umgebung, eine alte Frau im Rollstuhl nehmen sie nur als Hindernis am Rande wahr, über das man stolpern könnte. Die Augen an ihren Smartphones festgesaugt, laden oder senden sie ständig irgendwelche Informationen oder hören Musik. Selbst Radfahrer tragen Stöpsel in den Ohren.

Während sie weiterrollt, sinniert sie. Die Jüngeren schaffen sich Pseudofreunde oder -feinde, Leute im mittleren Alter sind mit Karriere und Kind beschäftigt. Zwischentöne des menschlichen Miteinanders scheinen ihnen fremd. Viele der Älteren glauben, das Leben zu kennen, oder wollen es nicht so genau wissen, trotzdem tragen auch sie ihr Handy in der Hand oder griffbereit wie einen Colt in der hinteren Hosentasche. Besonders traurig findet sie Menschen, die sich mit Kopfhörern demonstrativ von der Umwelt abschotten. Wenn man Hilfe braucht, muss man sie im wahrsten Sinne anstoßen.

Die Frau muss aufpassen. Im Gewusel legen alle einen Schritt zu und nehmen eine Art Kampfstellung ein. Nach vorn geneigt, signalisieren sie den Entgegenkommenden, dass sie es eilig haben. Viele sind aggressiv. Wer nicht in Deckung geht, muss mit einem Zusammenprall rechnen.

Während ihrer Dienstzeit bei der Kriminalpolizei hatte sie es oft genug erlebt: In Befragungen oder Verhören nach Verkehrsunfällen hatten sich diese Körperhaltungen oft als Unfallursache herausgestellt.

Heute herrscht auch wieder ein ständiges Hin und Her der Fußgänger. Mehrmals entgeht sie einem Zusammenstoß nur durch lautes Rufen. Auf den Bürgersteigen sollte ebenfalls die Verkehrsregel in *Fahrtrichtung rechts* gelten beziehungsweise *in Laufrichtung rechts.*

Sie konzentriert sich wieder. Ihr Bauchgefühl signalisiert Gefahr. Doch von wem geht sie aus? Bisher war der Rollstuhl stets eine gute Tarnung gewesen. Er wirkt wie ein Schutzschild. Behinderte stellen keine Gegner dar.

Inzwischen sind weniger Leute auf dem Gehsteig unterwegs und sie schlendern, plötzlich befreit vom Gedränge. Dieses Phänomen bemerkt sie immer wieder. Hier, in der Nähe ihrer Wohnung, ist sogar noch weniger Betrieb.

Sie lässt den Rolli etwas schneller gleiten. Leise surren die Reifen über das Pflaster. Da hört sie ihn plötzlich: Hinter ihr bewegt sich jemand im gleichen Tempo. Sie kontrolliert ihre Wahrnehmung mit geschlossenen Augen. Obwohl sie bewusst einmal langsamer, einmal schneller fährt, unternimmt er keinen Versuch, sie zu überholen. Auch als sie vor dem Backshop kurz anhält, an die Scheibe pocht und mit der Hand einen Telefonhörer markiert. So, als würde sie denen drinnen eine Bestellung ankündigen. »Wie immer!«, ruft sie extra laut.

Die Verkäuferinnen im Laden wissen Bescheid. Eine hält als Zeichen eine Schrippe neben das Ohr. Die wird sofort ihrem Nachbarn Bescheid geben, dass sie im Anrollen ist. Er wird wissen, dass sie Hilfe braucht, denn es ist ein verabredetes Signal.

Während sie Richtung Kreuzung rollt, hört sie die Schritte ihres Verfolgers ganz deutlich. Die Frau hat keine Angst. Hier auf offener und übersichtlicher Straße wird er nichts unternehmen. Ihre rollstuhlgerechte Wohnung liegt im Parterre eines Altberliner Mietshauses. Wenn er es auf sie abgesehen hat, dann ist wahrscheinlich der Treppenflur sein Ziel.

Von Ferne sieht sie schon das Eckhaus mit dem Erkerfenster im ersten Stock. Dort über ihr wohnt der Nachbar. Er ist topfit, noch immer athletisch und hält sich mit täglichem Krafttraining in Form. Obgleich sie keine Bewegung erkennt, ist sie sicher, dass er sie bereits durch sein Fernglas im Visier hat. Man kann damit sogar nachts alles haarscharf erkennen. Ein tolles Gerät, das etwas moderner und damit sogar besser ist als die, die er aus seiner Dienstzeit bei der GSG 9 kennt.

Sie haben einen guten Draht zueinander, menschlich und durch die verwandten Berufe. Außerdem wurden sie beide in den vorzeitigen Ruhestand entlassen. Ihm hatte sie als Einzigem anvertraut, dass sie durch eine Schussverletzung gelähmt ist. Eine Verfolgungsjagd war eskaliert. Er hatte verstehend genickt. Bei ihm hatte man schlicht nach dem Alter entschieden, das in seinem Ausweis stand. Sein Kommentar dazu: »Idioten!« Er sprach nie viel. Sie hatte auch genickt. Dann tauschten sie die Zweitschlüssel für ihre Wohnungen und sprachen Sicherheitscodes ab.

Sie ist vor ihrem Haus angekommen, blinzelt zum Erkerfenster hoch. Ihr Nachbar weiß, dass sie heute die Diebesbande vom U-Bahnhof beschatten wollte. Er wird verstehen, dass die Kerle sie enttarnt haben und sie in Gefahr ist. Jetzt sollte sich zeigen, ob sie sich auf ihn verlassen kann. Sie hofft, dass ihr Plan gelingt. Alles hängt davon ab, dass sie ihrem Verfolger vorgaukelt, er könne sein Vorhaben in aller Ruhe in ihrer Wohnung zum Abschluss bringen.

Der hinter ihr weiß nicht, dass sich unter dem ältlichen Äußeren ein sehr wacher Geist versteckt und das geschulte Gehirn jetzt noch besser als früher funktioniert, denn es muss sich nicht mehr um die Koordination der Bewegungsabläufe von Armen und Beinen kümmern. Sie grinst. Ihre Sinneswahrnehmung ist um Klassen besser geworden, aber anscheinend ist das für eine Kriminalkommissarin nicht genug. Ihrer aktuellen Spitzeldienste im Kampf gegen Drogendealer und Diebesbanden bedienen sich die lieben Kollegen jedoch gern. Die konkreten Tipps haben ihnen schon zu mancher Festnahme verholfen. Heute würde sie ihnen einen der U-Bahn-Verbrecher auf dem Silbertablett servieren. Vielleicht kann sie die Kollegen damit überzeugen, sie und ihre Fähigkeiten sinnvoller einzusetzen.

Resolut steuert sie den Rolli über die Treppenrampe bis zur doppelflügeligen Eingangstür. Dann schaut sie sich hilfesuchend um. Sie erfasst ein Kapuzenshirt, eine Sporttasche, nimmt schmale schwarze Augen wahr, obwohl er schnell die Lider senkt und die Kapuze bis zu den Brauen zieht.

Rasch richtet sie den Blick wieder nach vorn. »Ach, wie schön, dass Sie gerade hier vorbeikommen, junger Mann. Bitte helfen Sie mir doch mal! Die Batterie meines automatischen Türöffners scheint wieder mal leer zu sein.« Um ihn abzulenken, wühlt sie in ihrer Tasche und plappert weiter. »Die Dinger halten auch immer kürzer, aber sind jedes Mal teurer.« Dann gibt sie ihm den Sicherheitsschlüssel für die Haustür, der einen roten Anhänger hat.

Mit gesenktem Kopf öffnet er die Tür und hält sie für sie auf.

Im Flur zeigt sie zum Fahrstuhl. Es ist ein uraltes Modell, der Rollstuhl passt geradeso hinein. »Ach, wie schön«, wiederholt sie ihre Formel. »Da Sie so sportlich sind, können Sie bitte gleich noch meine Wohnungstür aufschließen? Oben, erster Stock links, mit Blick auf den Tauentzien.« Sie reicht ihm einen Schlüssel mit grünem Anhänger.

Er zögert. Er ist schlau.

»Verschiedene Farben, damit ich nicht immer suchen muss«, erklärt sie.

Schnell gibt er den Haustürschlüssel zurück.

Während er die Treppen hochrennt, rollt sie flink aus der noch offenen Kabine vor ihre eigene Wohnungstür. Der Sicherheitsschlüssel passt auch hier. Von innen legt sie die Kette vor und lässt zwei Teleskopstangen aus Stahl einrasten. Dann lauscht sie nach oben. Deutliche Kampfgeräusche lassen sie boshaft lächeln. Nachbarschaftshilfe kann lebensrettend sein.

Nachdem es ruhig geworden ist, schellt ihre Türklingel. Freudestrahlend löst sie die Sicherungsstangen und die Kette. Sie klinkt auf und rollt zurück. Der Mann, der rasch eintritt, fixiert sie mit toten Augen.

Die *schennen Damen* waren durchweg begeistert. In seinen einzigartigen, teuren Kreationen ernteten sie nicht nur Bewunderung, sie konnten sogar bequem atmen und sich anmutig bewegen. Die köstlichen Speisen der Büfetts und anregende alkoholische Getränke waren nicht mehr tabu. All das war die Kostspieligkeit der Roben wert. Die Gatten oder Verehrer bezahlten die horrenden Summen sogar gern, denn Van Schnyder verhalf ihnen zu glücklichen, gut gelaunten Frauen. Nach den Festivitäten blieben die Damen in Flirtlaune und waren meistens bereit zu mehr.

Van Schnyder hatte also eine gewisse Stellung und verdiente viel Geld, war aber trotzdem nicht glücklich. Seine empfindsame Seele sehnte sich nach menschlicher Zuneigung. Er wollte mehr sein als der devote Dienstleister reicher Kunden.

Ein sonniger Freitag im Spätherbst bescherte ihm eine Überraschung: Wie üblich schaute er nach dem ersten Gong, der das Öffnen der Tür begleitete, nicht auf. Er unterbrach seine Tätigkeit nie, bis der zweite ertönte und die Kundin bereits eingetreten war.

Doch der erwartete zweite Gong blieb aus. Irritiert schaute Van Snyder auf. In der geöffneten Ladentür verharrte ein weibliches Wesen, im Rücken die Strahlen der untergehenden Sonne; sie wirkte, wie von einer goldenen Aura umgeben.

Das Herz Van Schnyders schien zu erglühen. Er fühlte, dass dieser Moment etwas Besonderes war. Eine Ahnung von unglücklichem Glück wehte ihn an. Mit einer kurzen Handbewegung stoppte er seine Assistentin und eilte selbst zur Tür. Die Sonne blendete ihn, während er die Dame begrüßte und bat, einzutreten. Gleichzeitig betätigte er den Schalter für die Markisen, die lautlos ausfuhren. Endlich konnte er sie richtig erkennen. Die Worte *Was kann ich für Sie tun, schenne Dame,* blieben ihm im Hals stecken, nein, diese Frau brauchte keine Schmeichelei. Mit einem leisen »Madam« verbeugte er sich und wies auf eine Sitzgruppe.

Sie nahm Platz, überschlug die Beine und schlang die Waden umeinander, wie es nur sehr schlanke Frauen können. Vor ihm saß eine androgyne Schönheit. Sie trug ein Kleid, das ihren Typ unterstrich. Trotzdem strahlte sie durch die kühle knabenhafte Oberfläche eine sexuelle Anziehungskraft aus, die aufregend aggressiv wirkte. Allein ihr Augenaufschlag würde ihr jeden Mann hilflos ausliefern. – Er spürte es gerade deutlich am eigenen Leib.

Verwirrt setzte er sich ihr gegenüber und arrangierte seine langen Rockschöße. Mit feuchten Fingern hielt er sich krampfhaft am Bauchlädchen fest, das Utensilien für Anproben und Maßnehmen enthielt. Während sie sich ruhig im Atelier umschaute, wartete er. *Was will solch eine Frau bei mir?* Er überlegte fieberhaft. *Ein Kleid für eine dicke Stieftochter, eine rundliche Schwiegermutter, eine fett gewordene Freundin?* Etwas unruhig erahnte er, dass es eine ganz andere Art von Herausforderung sein würde.

»Guten Tag«, sagte sie endlich. »Ich möchte Ihnen mein Anliegen unter vier Augen vortragen.«

Obwohl sie ihn leise ansprach, zuckte er zusammen. Eifrig wedelte er die Assistentin in die Nähstube und schloss eigenhändig die schweren Vorhänge.

»Ich bin heute inkognito bei Ihnen und das soll auch so bleiben«, fuhr die betörende Erscheinung fort. »Egal, ob Sie für mich arbeiten werden oder nicht.«

Van Schnyder nickte. *Sie hat den schönsten und breitesten Mund, den ich je gesehen habe*, dachte er fasziniert.

»Ich möchte wie ein Mann aussehen. Wie ein wirklicher Mann – nicht wie eine als Mann verkleidete Frau!«, forderte sie. »Ich benötige einen Smoking.«

Sie reichte ihm ein Bild, das aus einem Hochglanzmagazin herausgerissen war. Ein Gruppenfoto, bei dem zufällig alle Köpfe und der Untertitel fehlten. Ihr langer Fingernagel tippte auf einen der Herren. »Genau solch einen!«

Er zuckte mit keiner Wimper. Er wusste, wer das gewünschte Modell auf dem Bild trug. Es war ein Mann aus den Kreisen der Mächtigen. *Der Allermächtigsten*, korrigierte er sich. Er ahnte eine diffuse drohende Gefahr, verbunden mit prickelnden Glücksschauern, die sich nicht recht erklären ließen. »Mit allen Accessoires, Strümpfen und Schuhen nehme ich an? Perücke?«

»Keine Schuhe! Keine Perücke!« Sie drehte eine der langen rotblonden Haarsträhnen hinter das Ohr.

»Verstehe«, murmelte er. »Wir arbeiten mit einem diskreten Friseur. Er würde Sie hier bedienen.«

»Nicht nötig, ich … ich habe einen. Ich meine, ich gehe zu meinem … Friseur.«

Van Schnyder bemerkte das kurze Zögern.

Sie nickte entschlossen und stand auf. »Nehmen Sie Maß, bitte!« Sie legte ab.

In einem Hauch von Hemdchen drehte sie sich vor ihm. Sehr weiße Haut. Ihr Duft bescherte ihm weiche Knie. Wie ein Mann wollte sie aussehen. *Welche Vergeudung von Schönheit*, dachte er.

Als er auf dem Fußschemel stand, war sie trotzdem größer als er. Von oben sah sie ihm direkt in die Augen und meinte:

21

»Ich bestelle offiziell ein langes Abendkleid, nur deswegen komme ich zu den Anproben hierher. Verstehen wir uns? Nur deswegen!«

Eine Schneekönigin, ein Herz aus Eis. Er konnte ihre Blicke nicht ertragen und senkte ergeben den Kopf. »Selbstverständlich. Aber welches Modell?«

»Das überlasse ich vollkommen Ihrer Eingebung«, erwiderte sie kühl. »Es darf nicht viel Platz wegnehmen … im Schrank. Möglichst knitterfreier Stoff. Ich will es auf Reisen mitnehmen. Der Preis spielt keine Rolle, aber er muss beide Stücke abdecken.«

»Wie Sie wünschen, Madam«, versicherte er.

Geübt begann er mit dem Abmessen und schrieb gewissenhaft die Zahlen auf. Er kam ihr sehr nahe, nahm die verräterischen Abdrücke brutaler Gewalt auf ihrer Haut stumm zur Kenntnis. Seinen entsetzten Blick kommentierte sie nicht. Kalte Angst überfiel ihn – um sich selbst, aber mehr noch um sie. Erschüttert war er versucht, ihre edle Wäschespitze mit den Lippen zu berühren.

Als er vom Schemel stieg, neigte er den Kopf. Sie schlüpfte wieder in ihr Kleid und ging zur Tür. »Die Sachen werden zur Benefiz-Gala meines Mannes benötigt.« Der Gong erklang, als sie die Tür aufzog. »Wann kann ich zur Anprobe kommen?«, fragte sie mit der Klinke in der Hand, ohne sich umzudrehen.

»In einer Woche, Madam«, flüsterte Schnyder.

Sie nickte nur.

Der zweite Gong schloss das Geschäft.

Flink verriegelte er die Tür und eilte zu dem Tischchen, auf dem die abonnierten Modezeitschriften und Magazine lagen. Gezielt griff er in den Stapel und nahm das Gesuchte heraus.

Mit zitternden Fingern blätterte er, bis er die Seite fand. Hitze schoss ihm ins Gesicht. Lange betrachtete er das Foto. Sein Gedächtnis hatte ihn nicht getäuscht: Der Smoking war nicht das Problem, sondern der Herr, der ihn trug. Kragenlange gewellte graue Haare. Trotz verspiegelter Sonnenbrille war klar, wer da lässig vom Balkon eines Nobelhotels winkte. Van Schnyder kannte ihn nicht persönlich, wohl aber seine Schecks mit der schwungvollen Unterschrift. Er hatte mehrere Rechnungen für teure Roben bezahlt, jeweils für eine andere Üppigkeit. Am Rande der Aufnahme entdeckte er erschrocken einen weiteren Mann, der ihm bekannt war. Es war der blendend aussehende Starfriseur der Metropole. Das Haar am Hinterkopf zusammengenommen, lächelte er selbstgefällig in die Kamera.

Van Schnyder tippte mit dem Zeigefinger nervös auf dessen Brust und legte den ausgestreckten Finger dann an seine Schläfe. Er schloss die Augen. »So, so«, flüsterte er. »Das ist ein kolossal schlaues Komplott.«

Wissend lächelnd schloss er die Zeitung. Er würde ihr helfen. Er konnte sie retten. – Mit seiner Schneiderkunst und seinem Wissen. Der Smoking und die Robe mussten seine Meisterstücke werden.

Erneut senkte er die Lider, lehnte sich im Sessel zurück und zog den Schemel unter die Füße. Schon lange hatte er von solch einem Moment geträumt. Er liebte diese Art Frauen ganz besonders. Sie erschienen ihm wie filigrane elfenhafte Wesen aus einer anderen Welt. In seinen kühnsten Träumen wurde er von einem solchen Engel sogar wiedergeliebt. Sie würde seine inneren Werte erkennen und wissen, dass die Seele eines guten Menschen wie Gottes Atem war.

Er seufzte. *Vergiss den Schnickschnack!*, würde sein geldgebender Onkel sagen.

Entschlossen richtete er sich auf. Im wahren Leben, wusste er, hätte er nie eine Chance. Da hatte er es nun mal mit massigen Matronen zu tun, die ihn von oben herab behandelten, als Schneider eben, als Handwerker. Heute jedoch hatten seine verschwommenen Wünsche endlich Gestalt angenommen: Bei dieser Kundin fühlte er sich als ebenbürtiger Helfer und Beschützer. Sein Herz klopfte schneller. Beruhigend rieb er an der betreffenden Stelle über den Seidenbrokat seiner Weste. Die Frau hatte ihn als nichts ahnenden Mittäter gewählt. Er vermutete, was sie plante und was sie dazu bewogen hatte. Ein Mensch hat Gründe für sein Handeln. Wie er sich entscheidet, dafür ist letztendlich jeder selbst verantwortlich. Ebenso für die möglichen Konsequenzen, die sich daraus ergeben können.

Van Schnyder richtete sich so weit auf, wie es seine verkrümmte Wirbelsäule zuließ, und lief ein paar Schritte hin und her. Er stabilisierte den Rücken, indem er die Hände auf die hinteren Hüften stützte. Verwirrt schüttelte er den Kopf. Seine eigenen Absichten waren ziemlich diffus, aber egal, sein Verstand, handwerkliches Geschick und kriminelle Fantasie machten ihn zum idealen Komplizen für ihre Zwecke. Er würde im Geheimen wirken und sie nicht enttäuschen. Am Ende würde sie es erkennen – ihn erkennen. Dieses Ende konnte er allerdings nicht konkretisieren.

Körperlich erschöpft nahm er die gewohnte Haltung ein, doch sein Geist sprühte. Voll Enthusiasmus begann er, die dicken Kataloge mit den Stoffen und Schnittmustern zu inspizieren.

***

»Süditalienische Sonne, azurblaues Meer und Freiheit! Welch kitschiges Klischee!« Die schlanke Frau stand an der Reling der Segeljacht. Sie trug eine Tunika aus naturseidenem Organza, der mit feinen Goldfäden durchwebt war. Die Augen beschattete sie mir der Hand und schaute nach vorn. Ohne die Haltung zu verändern, wandte sie sich ihrem Begleiter zu. »Aber ich liebe es, verstehen Sie? Ich liebe es! Verdammt, und wie ich es liebe!«, betonte sie, nahm ihre Hand herunter und legte sie ihrem Begleiter auf die Schulter. Dann blickte sie wieder in die Ferne. »Ein Traum ist wahr geworden.«

Van Schnyder saß in einem Liegestuhl, der neben ihr stand. Die Lehne war steil aufgerichtet. Er hielt den Kopf geneigt, nur seine Augen folgten ihrem Blick. »Wir haben beide nicht geahnt, wie wichtig das Träumen sein kann. In unglücklichen Zeiten liegt einem nichts an der Realität. Man kann sie nicht schätzen. Deshalb sind Träume eine ganz starke Motivation, etwas zu verändern.«

Sie setzte sich neben seinem Stuhl auf die Planken. Endlich konnte er ihr auf gleicher Höhe in die Augen sehen. »In solchen Phasen braucht man Gleichgesinnte, die die eigenen Träume verwirklichen helfen. Ist es nicht so?«

Beide nickten versonnen. Gleichzeitig richteten sie ihre Blicke wieder nach vorn und schauten zum flimmernden Horizont.

Vernehmungsprotokoll

Gegenstand der Untersuchung:
Ungeklärte Todesursache (Prof. Dr. h. c. Wieland Weller)

Ort:
Kriminal-Kommissariat, Dienststelle Berlin Charlottenburg

Datum/Uhrzeit:
24.07.2008, 9.00 Uhr

Leiter der Vernehmung:
POK Dietrich Boll

POK: Herr Bestikowsky, Sie sind unserer Vorladung gefolgt und wurden mit dem Gegenstand der Untersuchung vertraut gemacht. Sie wurden auch belehrt, bei welchen familiären Verbindungen Sie die Aussage verweigern dürfen. Und dass Sie Fragen, deren Beantwortung Ihnen selbst oder den vorher genannten Angehörigen schaden könnte, nicht beantworten müssen.

R. B.: Ja, aber was soll das, warum werde ich hier wie ein Verbrecher verhört?

POK: Die Angaben kommen ins Protokoll. Zuerst müssen wir Ihre Personalien aufnehmen. Nennen Sie Vor- und Zunamen, Geburtsdatum, derzeitige Wohnanschrift!

R. B.: Das wissen Sie doch schon. Habe alles Ihrem Kollegen erzählt. Ich habe *Doppel W*, ich meine Wieland Weller gefunden. Gefunden! Nicht umgebracht!

POK: Bitte der Reihe nach! Also laut und deutlich fürs Protokoll: Name, Geburtsdatum und Ort, Wohnadresse!

R. B.: Robert Bestikowsky, aber alle kennen mich nur als *Bob Best*, verstehen Sie? Geboren am 25.12.1954 in Wuppertal. Wohnhaft in meinem, also genau gesagt über meinem Salon. Ach so, Schloss-Terrassen 15/08.

POK: Sind Sie mit dem Opfer verwandt oder verschwägert?

R. B.: Nein, ich bin nur der Friseur von Frau Weller. Werde ich etwa verdächtigt?

POK: Das ist Routine. Wir befragen alle Personen, die Herrn Prof. Weller an seinem Todestag, also am Tag der Benefizveranstaltung seiner Firma getroffen beziehungsweise gesehen haben. Schildern Sie, wann und wo Sie ihn trafen, und beschreiben sie die näheren Umstände!

R. B.: Das habe ich doch schon einen Tag später … Also gut! Ich war so gegen 16 Uhr draußen bei ihnen. Sollte seiner Frau die Haare machen. Ich bin aber auch ein Freund der Familie, das möchte ich betonen. Friseur und Freund – da bekommt man allerhand mit.

POK: Vorerst nur Tatsachen, die Ihnen an dem betreffenden Tag auffielen!

R. B.: Okay. Er war also nicht besonders gut drauf. Hatte wahnsinnigen Jetlag. War erst am Morgen aus Amerika zurückgekommen. Sie zofften sich, während ich mich mit ihrer Frisur beschäftigte. Er wollte nicht mit zu der Veranstaltung. Sie wollte aber, dass er unbedingt hingeht, weil viele VIPs kommen sollten. Die Spenden waren für sein Hilfsprojekt gedacht. Die vielen Reichen und Regierungsleute …

POK: Bleiben Sie bei dem, was im Haus von Familie Weller passierte, bitte!

R. B.: Na ja, sie hat ihn dann überredet, einen Saunagang zu machen und sich danach Eisduschen zu verpassen. Wenigstens sehenlassen sollte er sich im Opernhaus. Ich hatte Probleme mit ihrer Frisur, weil sie sich so extrem echauffiert hat und ständig rumzappelte.

POK: Wie ging es weiter? Nur die Fakten! Haben Sie Professor Weller noch einmal gesehen, bevor sie das Haus verließen?

R. B.: Nein. Er ist ja dann nach unten. Man kann der Frau schlecht widersprechen. Die haben da so ein eigenes SPA im Keller. Mit Pool und allem. Der Weller war so groggy, hat mir echt leidgetan. Sie ist dann zu ihm runter, um ihm zu sagen, dass sie mit mir vorausfährt. Damit er sich in Ruhe fertigmachen konnte.

POK: War das nicht zu früh?

R. B.: Nein, ich musste mich ja auch noch umziehen.

POK: Ich meine, für Frau Weller?

R. B.: Ach so. Nein, eher zu spät. Denn die sollte ich ja vorher noch bei ihrem Schneider absetzen. Van Schnyder – man gönnt sich ja sonst nix. Das Kleid hatte in letzter Minute irgendeine Änderung gebraucht. Fragen Sie mich nicht, was. – Frauen eben! Jedenfalls habe ich es gerade noch rechtzeitig in die Oper geschafft.

POK: Schon gut. Haben Sie Herrn Weller am Abend während der Veranstaltung getroffen?

R. B.: Nein, nur gesehen. Er kam zu spät, aber saß eine Weile in seiner Loge. Das kann ich bezeugen. Wie viele der anderen Gäste auch.

POK: Eine Weile? Wie lange genau?

R. B.: Keine Ahnung, man guckt ja nicht andauernd auf die Uhr. Er muss ziemlich schnell wieder verschwunden sein. Man kann es nachvollziehen. Ich hatte auch schon mal Jetlag. Dafür war ja seine Frau noch länger da. Sie sah toll aus mit meiner Frisur. Und das Kleid war wirklich eine Wucht!

POK: Stopp, Herr Bestikowsky! Wann war Frau Weller gekommen? Zusammen mit ihrem Mann?

R. B.: Das weiß ich beim besten Willen nicht. Vielleicht haben sie sich knapp verpasst. Auf alle Fälle war *er* nicht mehr da, als ich *sie* gesehen habe.

Rache auf Raten

Vorgelesen von Trudi

Der gesunde Menschenverstand ist leider sehr unterschiedlich verteilt. Karol Czokowski hatte Glück, denn er besaß eine ganze Menge davon. Ansonsten war er mittelmäßig begabt, leidlich gut aussehend und durchschnittlich groß. Seine Schulkameraden nannten ihn *Tschoko*, die Mädchen hatten daraus *Schoko* gemacht, denn im Kindergarten hatte er bereitwillig klebrige Vollmilchriegel und feuchte Küsschen verteilt und davon profitiert. Später verfeinerte er die Techniken und stieg auf Kompliment und Handkuss um. – Selbst stolzeste Damen und schüchterne Mauerblümchen fanden ihn süß.

In der Pubertät hatte er aus Karol *Carlo* gemacht.

Carlo Czokowski – C. C. –, genannt *Tschoko*, war der geborene Schauspieler. Trotzdem hatte er keine Ambitionen, eine künstlerische Karriere zu machen. Wochen- oder monatelang im Theater oder beim Film die gleichen Typen zu spielen, fand er langweilig. Seine Bühne war das wahre Leben. Täglich konnte er in die verschiedensten Rollen schlüpfen und sie nach Belieben wechseln. Er strebte nach Höherem, was für ihn nichts anderes als Reichtum bedeutete. Deshalb agierte er getreu dem Motto seines schlesischen Opas: *Wenn du auf großem Fuß leben willst, musst du dich trauen, in riesige Fußstapfen zu treten.* Mit dreißig hatte er Schuhgröße sechsundvierzig und den Ruf eines charmanten und erfolgreichen Lebenskünstlers.

Gelernt hatte er eigentlich nichts. Ein paar Semester Volkswirtschaft ohne Abschluss und sein Näschen für einträgliche

Geschäfte reichten ihm. Außerdem hatte er seit der Teenagerzeit schon in den verschiedensten Branchen Erfahrungen gesammelt: Er arbeitete als Aushilfe in Tankstellenshops, auf Bootsmessen, im Radio- und Fernsehfachhandel, in Immobilienbüros und in Autohäusern. Sein Verkaufstalent wurde allgemein gelobt und entsprechend honoriert. Sogar Teilhaberschaften bekam er angeboten, aber da hätte er sich festlegen müssen, deshalb lehnte er ab.

Durch seine kreativen Ideen, eine gewisse Rücksichtslosigkeit und große Risikobereitschaft brachte er die Betriebe oder Firmen, die ihn engagierten, finanziell voran. Sein Lieblingsargument in Verhandlungen hieß: *Wenn Sie uns Ihr Vertrauen schenken, dann klappt das!* Seine Verträge waren geschickt formuliert, besonders die klein gedruckten Abschnitte. Dabei hatten seine eigenen Gewinnanteile stets Vorrang. So konnte er sich auszahlen lassen, wenn die erwirtschafteten Gewinne lohnend genug waren.

Stets kleidete er sich teuer und elegant. Er achtete auf sein Aussehen und trainierte seinen Körper. Schwere körperliche Arbeit lehnte er ab, denn das empfand er als Missachtung seiner geistigen Fähigkeiten. Durch selbstbewusstes Auftreten, das er sich bei angesehenen Unternehmern abgeschaut hatte, wirkte er kompetent und erfolgreich. So wollte er sich fühlen.

Leider lauerte in seinem Hinterkopf die Angst, als Mogelpackung erkannt zu werden. Konstruktive Kritik oder kleine Misserfolge stürzten ihn daher in tiefe Depressionen, die er mit Psychopharmaka vom Schwarzmarkt selbst behandelte. Nie wäre er zu einem Therapeuten gegangen, denn er fürchtete, auf einer Couch das Bild, das er von sich geschaffen hatte, zu zerstören. Die Pillen nahm er indes bereits, seit er vor über 20

Jahren in Italien einen Bootsunfall mit Todesfolge verursacht hatte. Im Laufe der Zeit hatte er die Dosis beträchtlich steigern müssen. *Was du laut aussprichst, ist wahr. Also halt die Klappe und überlege dir gut, was du sagen willst.* – Eine weitere Lebensweisheit aus Schlesien.

Der Sommer hatte regnerisch und schwül begonnen. Heute strahlte seit dem frühen Morgen eine gleißende Sonne auf die Terrasse und Tschoko hatte sich zu einem ersten Sonnenbad entschlossen. Bäuchlings lag er auf den warmen Holzbohlen, den Kopf mit geschlossenen Augen nach links gewandt. Er trug nichts als seine goldene Lieblingsuhr. Langsam hob er die Hand, um das Zifferblatt lesen zu können. Dann tastete er träge nach der Fernbedienung und ließ die Markise ausfahren. Erst, als der Schatten ihn ganz bedeckte, drehte er sich auf den Rücken und schob sich ein Kissen unter den Nacken. Zufrieden betrachtete er die Erhebungen seines durchtrainierten Körpers. Nicht schlecht für einen Vierzigjährigen.

Ein dünner Sonnenstrahl hatte sich einen Weg durch ein kleines Loch im Markisenstoff gesucht. Fasziniert stellte er fest, dass der Lichtpunkt genau auf seinen Bauchnabel zielte. *Das ist ein Zeichen*, dachte er. *Die Sonne steht im Zenit. Wie ich. Ich habe meine Mitte gefunden. Ich bin genau da angekommen, wo ich immer sein wollte.*

Zufrieden schloss er die Augen. Er spürte die Wärme in seinem Nabel und dämmerte ein.

Etwas Ungutes, das er nicht benennen konnte, ließ ihn aufschrecken. Mit einem Blick auf seinen leuchtenden Nabel wollte er das wohlige Gefühl der Mitte zurückholen, doch der Sonnenstrahl war weitergewandert und hatte eine schmerzende

Linie in seine Haut gebrannt. Sie verlief schnurgerade vom Nabel zum Brustbein.

Erschreckt setzte er sich auf, ihm war plötzlich eiskalt. Sein Herz raste. Verzweifelt rieb er mit der flachen Hand über die rote Spur auf seinem Leib. Dieser Strich war die bildliche Darstellung einer Drohung, die er telefonisch erhalten hatte: »Ich werde dich treffen und dir den Bauch aufschlitzen. Vom Nabel bis zum Brustbein.« Tschoko hatte die Nachricht verdrängt, denn alle sehr erfolgreichen Männer wurden nun mal von Neidern oder Konkurrenten bedroht, fand er, das Ausbleiben solcher Drohungen wäre ja geradezu eine Schmach. Jetzt ließ ihn die Erinnerung daran frösteln. Das Brandmal war ein starkes Zeichen. – Ein böses Zeichen! Ein sehr böses …

Er sprang auf und hetzte ins Haus. Nach einem Druck auf die Fernbedienung schoben sich lautlos die Terrassentüren zu. Ein zweiter Knopfdruck ließ die metallenen Jalousien herabfahren. Mit langen Schritten durchquerte er den offenen Wohnbereich. In der Diele hob er eine Wandklappe an, die durch die hypermoderne 3D-Tapete nicht zu erkennen war. Nach einem Kontrollblick auf die Alarmanlage nickte er und drückte mit den Handflächen die Öffnung wieder zu.

Er zitterte, sein Herz raste. Schnell schlüpfte er in einen eleganten Kimono und knotete den Gürtel fest zu. Die Sonnenspur brannte. Er hastete zur Bar und mixte sich einen Wodka-Martini, extra trocken. Die Uhrzeit war noch nicht reif für starke Drinks, er aber schon. Drei große Eiswürfel würden sein Gewissen diesbezüglich beruhigen, der reichliche Alkohol seinen Pulsschlag. Er kippte den Cocktail mit einem Zug runter.

Eine Todesdrohung, sinnbildlich wiederholt und verstärkt durch ein Brandmal auf der eigenen nackten Haut. Verdammt, er glaubte an solche Omen. Die Androhung lag Monate zurück. Er hatte sich sicher gefühlt. Vergessen hatte er sie nicht, die leisen, vollkommen klar und ruhig gesprochenen Worte:»Ich werde dich finden und dir den Bauch aufschlitzen. Vom Nabel bis zum Brustbein.« Ganz emotionslos. Das hatte ihn am meisten schockiert.

In diesem Augenblick verwandelte sich der bisher verdrängte Schock in Panik.

Der Alkohol war endlich im Blut angekommen und beruhigte ihn etwas.»Ich habe mir nicht nur Freunde gemacht«, stellte er laut fest. Er war nur ehrlich zu sich.»Gegner, ja, Hasser auch. Aber einen Todfeind?« Es musste um einen sehr hohen Verlust gehen. Wen hatte er um so viel gebracht, dass derjenige tödliche Rache nehmen wollte? Blutige Rache, für die er sich Zeit lassen würde? Keine Affekt-Tat, sondern ein sorgfältig inszeniertes Spektakel, das einigen Aufwand verursachte. Wer würde so was tun? Wer konnte es tun?

In Gedanken erstellte Tschoko eine Liste. Die Reihe der Namen wurde überraschend lang. Er zog den Kopf zwischen die Schultern und hielt die Luft an. Mit einem langen Pusten ließ er sie durch die gespitzten Lippen wieder entweichen.

Nachdem er das elegante Cocktailglas nachgefüllt hatte, richtete er sich auf. Langsam ließ er die Schultern kreisen. Diese Drohung konnte auch ein Schreckschuss sein. Sonst hätten der anonymen Warnung doch schon längst Forderungen folgen müssen. Oder Taten. Die Sonnenbrandspur war womöglich nur eine ganz natürliche Hautreaktion, ein Zufall, entstanden durch ein Loch in der Markise. Er schob die kühle Kimonoseide über dem brennenden Streifen zusammen und zog den Gürtel noch straffer.

Am nächsten Tag würde er sich den persischen Poolboy vorknöpfen. Der Faulpelz war für alle technischen Geräte im Außenbereich zuständig. Zweimal in der Woche schlenderte dieser Pseudopascha in Tschokos alten ausgemusterten Gummistiefeln übertrieben langsam über die Randfliesen des Schwimmbads, den Tennisplatz und die Terrassen, in so einer Art Siesta-Schritt. Den hatte sich dieser Luxusasylant wahrscheinlich in seiner heißen Heimat angewöhnt. Vielleicht waren ja dort löchrige Markisen normal. Aber hier war man in Deutschland! Da musste das Arbeitstempo den Temperaturen angepasst werden! Wann studierte der eigentlich? *Schlemihls*, hatte sein Opa solche Typen genannt. *Pechvögel, aber gerissen. Wollen sich nur bei uns durchfuttern.*

Die Drinks waren eine gute Entscheidung gewesen. Entschlossen fuhr Tschoko die Jalousien wieder hoch.

Ein starker Espresso würde jetzt guttun. Vorsichtig stellte er seine *Glückstasse* unter den Auslass des Kaffeeautomaten. Sie war aus feinem Porzellan und hatte früher zu einem Kinderservice gehört. Er hatte sie auf einer Wohltätigkeitsveranstaltung für wenig Geld ersteigert. Diese Tasse wurde von ihm geliebt und gehütet. Niemand außer ihm durfte daraus trinken. Lächelnd betrachtete er das Märchenmotiv von *Hans im Glück*. Aus dem Handgelenk warf er eine Kapsel in die Maschine und startete.

Während sie leise rumorte, ging Tschoko zur Terrassentür. Das Schicksal des Märchen-Hans hatte ihn schon als Kind fasziniert. Aber er wollte schlauer sein. Seinen Reichtum würde er gegen nichts eintauschen. Niemals. Dafür war er zu lange nur Enkel eines schlesischen Habenichts gewesen.

Angst lähmt. Auch ein Spruch von Opa. *Du brauchst immer einen Plan, der schlauer ist als der deiner Gegner. Das macht stark.* Deshalb würde er den Kaffee draußen trinken. Dazu einen oder zwei der leckeren Kekse knabbern, die seine Haushälterin frisch gebacken hatte. Er wollte es sich auf einem der Korbstühle gemütlich machen, in den Abendhimmel schauen und eine Strategie entwickeln.

In der einen Hand das Tässchen, die andere schon am Türgriff blieb er wie angewurzelt stehen. Der kleine Löffel auf der Untertasse begann leise zu klirren, als er anfing zu zittern. – Er starrte auf feuchte Schuhabdrücke auf den Terrassenfliesen. Ihre Spitzen zeigten zum Haus, direkt auf die gläserne Schiebetür zu. Sie waren noch dunkel und feucht, der bekannte Riss im rechten Profil deutlich zu erkennen: Jemand musste gerade versucht haben, durch die Jalousie zu spähen. – In Tschokos alten Gummistiefeln. Die Spuren waren von rechts gekommen und auch wieder in diese Richtung verschwunden. Noch konnte man die Reste der nassen Abdrücke mit den Augen verfolgen.

Tschoko bewegte sich rückwärts zur Bar, schnell und lautlos. Er stellte den Kaffee ab, ohne den Blick von den Abdrücken zu nehmen. Intuitiv tastete er in der Kimonotasche nach dem Handy. Dann glitt er zurück zur Tür, schob sie etwas auf und machte ein Foto von den Spuren. Sein Herz klopfte wie verrückt. Mit einem Knall rastete er die Scheibe wieder ein, löste stummen Alarm aus und wählte außerdem den Notruf.

Der private Sicherheitsdienst und zwei Polizisten, ein Mann und eine Frau, trafen fast zeitgleich ein. Tschoko beobachtete, wie der Angestellte der Sicherheitsfirma ihnen das Gartentor öffnete und verfolgte, wie sie gemeinsam den gesamten Außenbereich kontrollierten.

Nachdem Tschoko sie auf die Fußspuren vor der Terrassentür aufmerksam gemacht hatte, markierten sie die Formen und fotografierten alles. Anschließend betraten sie durch die Vordertür das Haus.

Tschoko genierte sich, den Beamten von seinem Sonnenbrand zu erzählen, deshalb erwähnte er nur die feuchten Stiefelabdrücke. Die hätten ihn an die telefonische Todesdrohung erinnert und Panik ausgelöst. Der Poolboy, der normalerweise die alten Stiefel benutzte, hätte erst morgen seinen nächsten Arbeitstermin. Er besaß auch keinen eigenen Schlüssel. Die Haushälterin ließ ihn für gewöhnlich rein.

Da die Drohung längst vom Anrufbeantworter gelöscht war, konnte die Polizei allerdings nichts weiter tun: »Herr Czokowski, leider. Vermutungen und Hörensagen Ihrerseits. Da können wir nicht tätig werden.« Der Polizist gab ihm eine Karte.

»Sie können uns jederzeit anrufen«, sagte seine Kollegin.

Der Sicherheitsdienst versprach einen zusätzlichen Kontrollgang.

Tschoko war wütend. Er beschimpfte sich selbst als ängstlichen Idioten. Trotzdem nahm er ein starkes Schlafmittel ein und betrank sich zügig. Er nächtigte im Kimono auf der Couch.

***

Am nächsten Morgen wachte er sehr früh auf. – Mit einem enormen Kater. Bevor er ins Bad schlich, setzte er die Kaffeemaschine in Gang und stellte die noch schmutzige Glückstasse bereit. Im Zahnputzglas löste er dann zwei Kopfschmerztabletten auf und trank sie auf nüchternen Magen.

Frisch geduscht und angezogen holte er sich die Zeitung aus dem Briefkasten. Als er sie neben der Kaffeetasse aufschlug, fiel ein Briefumschlag heraus. Er trug weder Anschrift noch Absender.

Er rannte zur Haustür, riss sie auf und prallte erschrocken zurück: Eine groß gewachsene Gestalt mit Sonnenbrille richtete eine Pistole auf seinen Bauch – dachte er. Im selben Augenblick erkannte er jedoch, dass es Lydia war, seine Haushaltshilfe. Sie hatte keine Waffe, sondern den Schlüssel in der Hand, den sie gerade ins Schloss stecken wollte. Tschoko zerrte sie in die Diele und verrammelte sämtliche Zusatzschlösser.

Lydia schob die Brille ins Haar und beobachtete sein Tun mit hochgezogenen Augenbrauen. »Erwarten Sie einen Überfall? Soll ich lieber meine kugelsichere Weste anlegen?« Sie hob die Mundwinkel und zwinkerte ihm zu. »Statt der Schürze?«

Ihre Scherze wurden immer blöder. Ohne zu antworten, lief er zurück und schlitzte mit dem Stiel des Kaffeelöffels den Briefumschlag auf. Er hielt die Luft an. Dann zog er die Öffnung etwas auseinander und schaute hinein. Mit spitzen Fingern fischte er ein gefaltetes Blatt Papier heraus und legte es neben die Kaffeemaschine auf den Tresen. Langsam atmete er aus und trank erst mal einen Schluck Espresso. Seine Augen klebten an dem Papier. Noch könnte er es einfach zerreißen.

Lydia räusperte sich. Sie hatte sich nicht vom Fleck bewegt und beobachtete ihn von der Diele aus. »Sie haben Angst. Entweder ist es das nächste Liebes-Aus oder eine Erpressung. Soll ich die Nachricht für Sie vorlesen oder gleich in den Müll werfen?«

Diese Frau war schlau. Tschoko bedeutete ihr, näherzu-
kommen. *Schlau und schön* stellte er bei der Gelegenheit mal
wieder fest, *mit toller Figur auf schlanken Beinen. Und sie
bewegt sich elegant.* Warum machte sie nicht mehr aus sich?
Einmal hatte er ihr als Bonus teure Designerpumps geschenkt.
Lydia hatte sie aber nicht angenommen. Ihre ironische Antwort
lautete: »Wer groß genug ist, braucht keine High Heels.« Er
schüttelte den Gedanken ab. Wieso ließ er sich ablenken? Auffordernd zeigte er zu dem Brief. An ihrer Reaktion würde er
erkennen, ob seine Angst gerechtfertigt war.

Langsam faltete sie das Blatt auseinander. Sie kniff die Lippen zusammen und schaute ihn mit einem Ausdruck an, den er
nicht deuten konnte.

Entnervt riss er ihr das Blatt aus der Hand und starrte es wütend an:

RATENZAHLUNG:

1. Rate: WUT √

2. Rate: MUT

3. Rate: BLUT

Hinter Wut hatte man handschriftlich ein Häkchen gesetzt. Also erledigt. *Erledigt?*

Tschoko stand bewegungslos da und stierte auf die Buchstaben. Er verstand diese Botschaft nicht, aber er spürte die Gefahr, die für ihn davon ausging.

Lydia musste es ebenfalls empfinden. Ihr Gesicht war weiß.
Sie legte ihm völlig unerwartet die Hand auf sein Herz. Mit
dem Daumen rieb sie beruhigend über die Brust, traf dabei den
Sonnenbrand.

Der Schmerz gab ihm den Rest. Er schlug ihre Hand weg.
Dann zerfetzte er das Papier, warf es auf den Boden und tram-

pelte voller Wut darauf herum. Dabei keuchte er:»So! Und so! Und so!«

Lydia ging in die Küche und kam mit Handfeger und Kehrschaufel zurück. Wortlos reichte sie ihm das Gerät. Er kniete sich hin und schob gewissenhaft jeden Schnipsel einzeln auf das Blech. Dann hielt er inne. Er ignorierte die geöffneten Hände Lydias, die ihm die Sachen abnehmen wollte. Langsam stand er auf, ging zum Couchtisch. Vorsichtig ließ er die Papierteilchen auf die schwarze Glasplatte rieseln und breitete sie aus. Ohne sich umzusehen, übergab er Lydia die Schaufel und forderte:»Klebestreifen!«

Als das Blatt repariert war, zog er sein Handy aus der Hose. »Lydia, Visitenkarte! In meinem Kimono!«

Mit knappen Worten informierte er den Beamten, der ihn mit seiner Kollegin gestern besucht hatte, lauschte seiner Antwort und legte dann ohne ein weiteres Wort auf. Während er sich mit allen zehn Fingern wild durch die Haare fuhr, schüttelte ihn ein hysterisches Lachen.

Lydia machte eine fragende Handbewegung.

»Wir sollen den Zettel auf keinen Fall mit bloßen Fingern berühren.«

Sie zwinkerte ihm verschwörerisch zu. Dabei zog sie den Gummi ab, mit dem sie sich einen Pferdeschwanz gebunden hatte.»Das ist leider unmöglich«, sagte sie lakonisch und wuselte ebenfalls mit beiden Händen durch ihre langen Haare.

Tschoko sah sie mit offenem Mund an. Dann verstand er den Scherz. Eine kluge und humorvolle Frau in den besten Jahren, dachte er. Wie alt mochte sie sein? Irgendwo zwischen 50 und 60, schätzte er. Es störte ihn nicht. Im Gegenteil. Ihre grünen

Augen blitzten. Sie wirkte wie eine Tochter Dschingis Khans. Allerdings musste der sie mit einer Nordländerin gezeugt haben, denn ihr Haar glänzte in einem römischen Blond. Sein Körper reagierte. Er war sich des unpassenden Moments bewusst, aber er konnte nicht anders. Wie ferngesteuert bewegte er sich in ihre Richtung.

Mit ausgestrecktem Arm stoppte sie ihn. »Ich werde Ihnen helfen«, sagte sie ruhig. »Bis die Polizei kommt, besprechen wir die Lage und machen einen Plan. Aber Sie müssen ganz ehrlich zu mir sein. Stellen Sie sich vor, ich sei Ihre Mama.«

Mama? Er hatte keine Mama.

Aber Tschoko nickte. Er ließ die Arme sinken, seine Schultern sackten nach unten und er wankte zur Couch. Bevor er sich setzen konnte, klingelte es. Panisch schaute er zur Tür.

Lydia machte eine beruhigende Geste und legte den Finger auf die Lippen. Sie ging zur Sprechanlage. Eine Polizistin. Sie wies sich aus, hielt ihren Ausweis vor die Kamera, sodass Lydia ihn auf dem Monitor lesen konnte.

Es war nicht die Beamtin vom Vortag. Als er ihr den zusammengeklebten Brief reichte, zog sie die Stirn in Falten, sagte aber nichts, sondern tütete ihn professionell ein. Dann stellte sie einige Fragen zur Zustellung und wollte wissen, wer dahinterstecken könnte.

Er hatte keine Ahnung, schaute zu Lydia. Die schüttelte auch den Kopf. Beide versprachen, intensiv darüber nachzudenken. Da Tschoko sich schon abgedreht hatte, reichte die Polizistin Lydia eine Visitenkarte. Die nickte nochmals und begleitete sie zur Tür.

»Es ist die gleiche!«, rief Lydia aus der Diele. »Die gleiche Telefonnummer, die Sie schon haben.« Als sie bemerkte, dass Tschoko sich auf der großen Couch zusammengerollt hatte, winkte sie ihm zu. »Ich kümmere mich mal um das Mittagessen. Zum Kaffeetrinken sind Sie ja heute noch nicht gekommen. Danach machen Sie Mittagsschlaf, Büro lohnt sich sowieso nicht mehr. Anschließend halten wir Kriegsrat. Sie sind dann ausgeruhter und mir fällt inzwischen bestimmt etwas ein. Beim Kochen und Putzen habe ich immer die besten Ideen.«

Als sie auf dem Weg zur Küche war, klingelte es erneut. Tschoko schnellte hoch.

Nachdem Lydia den Haustürmonitor gecheckt hatte, ging sie zur Tür. »Die Polizistin scheint etwas vergessen zu haben.«

Doch dann hörte er, dass Lydia den Poolboy begrüßte. Nach einem kurzen »Hallo« verschwand der Junge, ohne dass er ihn zu Gesicht bekam, im Keller. Gleich würde er ihn wieder draußen beim Schlendrian beobachten können; alles wie jede Woche. Er nahm sich vor, bei der Technischen Uni nachzufragen, ob der Kerl wirklich studierte.

Lydia kam zurück. »Das ist ja Wahnsinn«, sagte sie. »Der Iraner sieht der Polizistin so ähnlich, dass ich glaubte, die sei noch einmal zurückgekommen.« Sie kicherte. »Dieselben Augen, dieselben Haare. – Unglaublich! Schade, dass die sich verfehlt haben. Dieses Treffen hätte ich gerne miterlebt.«

Es wird immer verrückter, dachte Tschoko. *Persische Poolboys sind schon schlimm genug. Jetzt tauchen solche Typen sogar bei der Polizei auf. Noch dazu Weiber. Armes Deutschland!*

Lydia hob den Finger und befahl: »Siesta!«

Bei dem Wort *Siesta* richtete er sich wieder auf. Mit schmalen Augen beobachtete er den Jungen, der inzwischen mit einem Kescher Schmutzteilchen von der Wasseroberfläche abschöpfte. Wegen der Hitze hatte er seine dunklen Locken im Nacken zusammengebunden. Mehr Ähnlichkeit mit der Polizistin konnte er auf diese Entfernung nicht ausmachen, aber heute war der Bursche barfuß unterwegs.

Tschoko ließ sich zurücksinken.

Als Lydia ihn an der Schulter berührte, merkte er, dass er über eine Stunde geschlafen hatte. Sie hatte den Tisch gedeckt und sein Essen warmgehalten. Er war so gerührt über ihre Fürsorge, dass er ein paar Tränen wegblinzeln musste.

»Sie sind zu sensibel«, murrte sie. »Mein Mann war das Gegenteil. Der jammerte erst, wenn er den Kopf schon unter dem Arm hatte. Dann gab er zu, ihm gehe es gerade nicht so gut.« Sie verdrehte die Augen. »Gibt es denn nichts dazwischen? Ich meine, normale Männer. Avanti!« Sie zeigte zum Esstisch. »Ich muss in einer halben Stunde gehen. Wir wollen doch noch beraten und planen.«

Lydias erste Frage war logisch, er hatte ja selbst schon darüber nachgegrübelt: Wem hatte er so stark geschadet, dass der sich blutig rächen wollte?

»Oder eine Frau«, ergänzte Lydia. Aufmerksam beobachtete sie seine Reaktion.

Tschoko zeigte ihr seine Liste. Ihr Zeigefinger rutschte von Namen zu Namen. Bei jedem wollte sie wissen, worum es gegangen war. Dabei schaute sie nicht auf. Am Ende hob sie den Kopf und sagte: »Das sind alles Männer und es geht nur um materielle Dinge. Solche Kerle reagieren sofort, brutal und gewalttätig oder auch hinterlistig, wenn sie ihre Rache zu bemänteln versuchen.« Sie verengte die Augen und zog die Lippen zwischen die Zähne. »Frauen haben keine rohen Kräfte und können länger leiden. Sie lassen sich mehr Zeit, damit die Rache perfekt wird. Der menschliche Faktor spielt oft eine größere Rolle als Geld und Gut. Denken Sie mal in diese Richtung!« Damit verabschiedete sie sich und versprach, ihm morgen bei weiteren Überlegungen zu helfen.

Tschoko schickte den Iraner nun ohne Begründung nach Hause. Um den konnte er sich später kümmern. Er sicherte das Haus elektronisch und klemmte zusätzlich Stühle von innen unter die Klinken sämtlicher Außentüren. Zum Trost schnappte er sich eine Handvoll seiner Lieblingskekse. Dieses Zeug beruhigte, er war regelrecht süchtig danach. Lydia hatte die Kristalldose wieder aufgefüllt.

Ihre Worte hatten ihn an einen weiteren Spruch seines Großvaters erinnert: *Männer müssen ihren Gegnern ein Bein stellen, wenn sie sie umlegen wollen. Frauen brauchen nur den Rock zu heben.* Opa hatte dabei mit leuchtenden Augen gegrinst. *Nicht nur bei uns in Schlesien. Kannst du glauben, Jungchen!*

Seine Affären konnte Tschoko an seinen Fingern abzählen. Sicherheitshalber machte er sich aber auch davon eine Liste. Sein Beuteschema hatte sich bisher bewährt: Frauen hatten ihn anzuhimmeln, sie mussten hübsch, aber nicht allzu klug sein, auf keinen Fall schlauer als er. Da er weder mit einer Mutter noch mit Schwestern gelebt hatte, fühlte er sich nämlich schnell bevormundet oder sogar ausgenutzt. Körperliche Nähe ließ er zu und verwöhnte die Frauen großzügig, aber wenn die

Beziehung tiefer zu werden drohte, machte er Schluss. Danach ließ er sich lange Zeit, bevor er eine neue Liaison einging. Eigentlich keine Vorgehensweise, die böses Blut zurücklassen würde. Fand er jedenfalls.

Sieben Namen standen auf seinem Zettel. Hinter Nummer vier hatte er ein Fragezeichen gesetzt. Nicht einmal der Vorname fiel ihm mehr ein, nur an Venedig konnte er sich erinnern. *Rotes Abendkleid* ergänzte er in Klammern.

***

Bevor er am nächsten Morgen die Zeitung aus dem Briefkasten holte, zog er Gummihandschuhe über, doch diesmal fand er keine Nachricht vor. *Man lässt sich Zeit*, dachte er grimmig. Wo blieb nur Lydia? Die war doch noch nie zu spät gekommen.

Er erstarrte, seine Gedanken rasten. Womöglich wurde Lydia entführt! *Die haben jetzt meinen Haustüröffner*, dachte er panisch.

Er schnappte sich die Autoschlüssel und rannte in die Tiefgarage hinunter. Da! Zwischen linkem Wischer und Scheibe klemmte ein Zettel. Er erfasste nur das handschriftliche Häkchen:

2. Rate: Mut √

Was sollte das denn jetzt? Wieso war das erledigt?

Sie müssen schon im Haus sein, schlussfolgerte er entsetzt.

Er sprang in den Wagen und startete den schweren SUV so schnell, dass er fast gegen das noch hochfahrende Rolltor gerast wäre. Die Reifen quietschten, als er auf die Bremsen stieg und den vorschießenden Wagen abrupt zum Stehen brachte. Als das

Tor oben war, trat er wieder aufs Gas, schoss die Einfahrt hoch und kollidierte fast mit einem Fahrradfahrer, der gerade draußen vorbeikam. Das Tor schloss sich automatisch hinter ihm.

»Lenni«, brüllte Lydia, »Herr Czokowski hat gesagt, wenn er mit dem Wagen unterwegs ist, sollst du den Garagenboden putzen. Bring den Kärcher mit und benutz unbedingt Heißwasser!« Sie hielt die Sicherheitstür für ihn auf und wartete.

Der gesamte Garagenboden war gefliest und fiel zur Mitte hin leicht ab. Dort befand sich ein vergitterter Abfluss. Die Reifenprofile des SUV hatten dicke Dreckspuren hinterlassen. Zwischen den Abdrücken der Vorderräder war eine ölig glänzende Tropfspur zu sehen, die nach draußen führte.

Lenni kam mit Gerät, Eimer und Schrubber. Er trug die alten Gummistiefel des Hausherrn und einfache Gummihandschuhe. Sein Gesicht war bleich und er zitterte. Fragend sah er Lydia an. »Mama?« Seine Stimme war kaum zu hören. »Warum schreist du so?«

Sie beugte sich vor und flüsterte: »Er hat fast einen Radfahrer umgefahren. Vielleicht liegt der noch vor dem Tor und hört uns. Es muss alles ganz normal klingen.« Sie reichte ihm eine Rolle Toilettenpapier und flüsterte weiter: »Saug zuerst die Pfützen auf und spüle das Papier gründlich im Klo runter, sehr gründlich. Danach noch WC-Reiniger und heißes Wasser hinterher.«

Da Lenni sich nicht rührte, fasste sie seine Schultern und schüttelte ihn. »Mach schon, Faulpelz!«, rief sie laut. Dann flüsterte sie wieder: »Es muss alles wie immer ablaufen!« Eindringlich wiederholte sie, was sie abgesprochen hatten, für den Fall, dass die Polizei sie befragte: »Wir haben wie sonst hier gearbeitet, wenn Herr Czokowski nicht da ist. Wir beide kennen uns nur flüchtig, weil wir bei ihm angestellt sind. Es ist keine Schwarzarbeit, er hat uns offiziell anmelden lassen durch sein Büro. Wir sind ihm dankbar, denn er zahlt mehr als den Mindestlohn. Und denk dran: Sag nur das Nötigste!«

Er schaute zweifelnd auf.

»Lea wird das alles bestätigen«, fuhr sie leise fort. »Deine Schwester hat es in ihren Bericht im Kommissariat geschrieben. Mach endlich, wir sind es Papa schuldig!«

Als Tschoko bewusst wurde, dass er viel zu schnell unterwegs war, hatte er schon den Autobahnzubringer erreicht. Er wollte verlangsamen, aber der Wagen reagierte nicht. Ungebremst schleuderte er zwischen den Leitplanken hin und her auf die dicht befahrene Autobahn zu. Mit aller Kraft riss er das Steuer nach rechts, um mit Gewalt auf die Böschung zu gelangen. Der Wagen überschlug sich, landete aber wieder auf der Fahrbahn. Er krachte mit Wucht aufs Dach und schlitterte kreischend an der Leitplanke entlang. An deren Biegung rutschte er geradeaus weiter über die durchgehende weiße Linie. In diesem Moment blitzte in seinem Kopf ein Bild auf: *Venedig.* Eine Frau in Rot kniete auf nassen Stufen. Sie beugte sich über zwei leblose Kleinkinder. Dass er von einem Lkw gerammt wurde, bekam Tschoko schon nicht mehr mit.

***

In der pathologischen Abteilung war es totenstill und sehr kühl. Die drei Polizisten, die an der Obduktion teilnehmen sollten, waren ziemlich blass.

Der Pathologe versuchte, sie etwas aufzuheitern: »Sie möchten also Kriminaltechniker werden? Normaler Polizeidienst ist Ihnen wohl nicht lustig genug, was? Können wir verstehen.« Er klatschte sich mit seinem Assistenten ab.

Beschwingt nahm er das Diktiergerät vom Haken und legte los: »Professor Leberecht. Mein Assistent Doktor Jensen«, stellte er vor. »Nun Ihre Namen, bitte!« Er hielt das Gerät in Richtung der Polizisten.

»Polizeiobermeister Jens Voll, Herr Professor!«, schnarrte der Mann. »Das sind meine Kolleginnen, Polizeimeisterinnen Sara Wein und Lea Brand.«

Leberecht grinste seinen Kollegen an und flüsterte hinter vorgehaltener Hand: »Voll, Wein und Brand? Das kann ja wirklich lustig werden heute.« Er schlug ihm auf die Schulter. »Hospitanten voll Weinbrand! Es würde jedenfalls helfen, nicht umzukippen. Aber wahrscheinlich muss ich wieder meinen Klaren opfern.«

Der Assistent zog die Abdeckung von der Leiche und hob das Skalpell.

Leberecht diktierte routiniert: »Verkehrsunfall. Der Tote ist männlich, sportlich, kräftig, etwa vierzig Jahre alt und …«, er blickte kurz auf die Digitalanzeige neben dem Untersuchungstisch, »achtzig Kilo schwer. Ungeklärte Todesursache bei Verdacht auf Rauschmittelkonsum.« Dann stoppte er die Aufzeichnung und mit einer knappen Handbewegung auch das Skalpell seines Kollegen.

»Mal sehen, was Sie in der Theorie gelernt haben. Traut sich einer vor und kann zeigen, wie der erste Schnitt zur Öffnung des Körpers gesetzt werden muss?«

Eine der Beamtinnen straffte sich und trat an den Tisch.

»Ah, Frau Brand, mutig, mutig! Apropos Brand, sind Sie verwandt mit Kommissar Brand? Ich habe ihn sehr geschätzt.«

Sie nickte knapp. »Mein Vater«, sagte sie ruhig.

Leberecht lächelte aufmunternd. »Er wäre stolz auf Sie!« Er war froh, dass er den Scherz über die Namen nur mit seinem Gehilfen geteilt hatte, angesichts des frühen und tragischen Todes dieses Mannes.

Der Assistent reichte ihr ein Paar OP-Handschuhe.

»Erklären Sie mal, wie die Schnittführung verlaufen soll!« Da sie gleich eins der Messer ergriff, ergänzte er: »Nur zeigen, okay?«

Lea setzt die Spitze auf den oberen Teil des Brustbeins. Der Professor schnaufte zustimmend. Völlig unerwartet stach sie zu und zog einen tiefen Schnitt bis zum Nabel. »Erledigt, Papa«, keuchte sie. Dann wurde sie ohnmächtig.

***

Am nächsten Morgen ging bei der Kriminalpolizei ein Anruf der Haushaltshilfe des Unfallopfers von der Autobahn ein. Die Frau informierte den Beamten mit emotionsloser Stimme, dass sie einen dritten Zettel im Briefkasten gefunden hätte. Wie erwartet sei *3. Rate Blut* handschriftlich abgehakt gewesen. Mittlerweile hatten die Kriminaltechniker herausgefunden, dass das Bremssystem des SUV manipuliert war. Die Obduktion hatte ergeben, dass der Mann zum Unfallzeitpunkt weder unter Alkohol- noch Drogeneinfluss stand. Die Ermittler standen vor einem Rätsel.

***

Einundzwanzig Jahre früher war Karol Czokowski glücklich. Er hatte auf Anhieb einen Ferienjob bei einem Motorbootverleih in Venedig ergattert. Drei Dinge haten ihm dazu verholfen: Er kannte sich mit Motoren aus, besaß einen Führerschein für Sportboote und hatte die miserable Bezahlung sofort akzeptiert. Er nannte sich seit Kurzem *Carlo*. Seit einer Woche erlaubt ihm der Chef sogar, Wassertaxi zu fahren, wenn er selbst keine Lust hatte, zum Beispiel sehr früh am Morgen oder in der heißen Mittagszeit. Manchmal auch, wenn er etwas ganz anderes vorhatte. Damit Carlo der werten Gattin nichts verriet, durfte er die Trinkgelder behalten.

Carlo chauffierte bei diesen Gelegenheiten noble Hotelgäste, reiche Touristen oder vermögende Venezianer durch die Kanäle oder über die Lagune. Für einzelne Damen übernahm er gerne Zusatzdienste jeglicher Art.

Eines Abends war er ausnahmsweise privat unterwegs, während der Chef und seine Frau eine Familienfeier besuchten. Carlo hatte sich heimlich das beste Boot geholt und sämtliche Firmenaufschriften überklebt. Es sollte aussehen, als ob es ihm gehörte. Sein Fahrgast war eine wunderschöne junge Adlige, mit der er eine Affäre hatte. Nur für die Zeit der Sommerferien war sie zu Hause in Venedig, ansonsten besuchte sie ein Schweizer Internat, wo sie auch Deutsch lernte. Er hatte ihr erzählt, seinen Eltern gehöre in Deutschland eine Bootswerft.

In einem kurzen roten Designerkleid lehnte sie an seiner Schulter. Der Fahrtwind spielte mit ihrem Haar. Alles an ihr war teuer und edel, auch der schmale Goldschmuck und der

50

dezente Duft. Er sah sie genussvoll an, sie schenkte ihm ein Lächeln. Dann blickte sie wieder nach vorne. Er erfasste noch, wie sich ihre Augen vor Entsetzen weiten, dann erschütterte ein Zusammenstoß das Boot. Sie konnten sich gerade noch festhalten.

Er stoppte das Boot, wendete und fuhr zurück. Die Holzgondel, die sie gerammt hatten, war jedoch bereits gekentert, es waren nur noch ein paar kleinere Holzsplitter auf der Wasseroberfläche zu sehen. Die Insassen waren verschwunden. Dann jedoch sahen sie eine Frau auftauchen, die keuchend nach Luft schnappte. In ihren Händen hielt sie ein Baby in die Höhe, während sie verzweifelt versuchte, sich allein durch das Strampeln mit den Beinen über Wasser zu halten.

Seine adelige Freundin streifte die teuren Sandaletten ab und sprang sofort ins Wasser. Carlo jedoch war in Panik. Er konnte sich nicht rühren und erst recht keinen klaren Gedanken fassen. Dann tauchte auch ein Mann in der braunen Brühe auf, der eine stark blutende Kopfwunde hatte. Er schrie der Frau mit dem Baby etwas zu, deren Kopf nur selten weit genug aus dem Wasser kam, um Luft zu holen, weil das Hochhalten des Babys sie wohl behinderte. »Such Lenni! Such Lenni!«, kreischte sie in den wenigen Momenten, in denen es ihr möglich war.

Carlos Freundin war jetzt bei ihr und übernahm das Kind, schwamm auf dem Rücken Richtung Ufer, das Baby auf ihrer Brust balancierend. Ihr folgte der Mann, der hektisch das Wasser abgesucht hatte und immer wieder getaucht war. Er hatte ein zweites Baby gefunden, das keinen Laut von sich gab.

Wo war der Gondoliere?, fragte sich Carlo und suchte das Wasser ab. Und wo war die Frau? Ohne das Baby konnte sie doch besser schwimmen.

Dann wurde es ihm schlagartig klar und er erwachte endlich aus seiner Schockstarre, denn nun ging es nicht mehr um das Leben anderer, sondern um sein eigenes. Er ließ den Motor aufheulen und raste davon. Aus dem Augenwinkel nahm er noch wahr, dass sich seine Freundin im nassen roten Kleid am Ufer über die Kinder beugte und der Mann mit der Kopfwunde wieder ins Wasser sprang.

Carlo verließ Italien noch in derselben Nacht. Er setzte mit einer Fähre nach Kroatien über, fuhr von dort mit der Bahn zurück nach Deutschland und setzte nie wieder einen Fuß auf ein Motorboot oder italienischen Boden.

Im »Il Gazzettino« stand am nächsten Tag: »Tragischer Bootsunfall nach Kollision zwischen Gondel und Wassertaxi. Gondoliere und deutscher Kriminalkommissar ertrunken. Der Fahrer des Motorbootes ist flüchtig und wird von der Polizei gesucht. Die Spur führt nach Deutschland ...«

Tütleff

oder

Ein trauriges Ende

Vorgelesen von Lilo

Alle nennen wir ihn *Tütleff*, bis auf einige Glatzen – die rufen ihn manchmal *Fettleff*. Jeder, wirklich jeder kennt ihn, obwohl unser Dorf sehr groß ist. Es hat zwei Kirchen mit angrenzenden Friedhöfen, eine Grundschule sowie zwei Bushaltestellen. Und eine Bäckerei. Früher sollen es sogar vier gewesen sein – zwei pro Kirchspiel. Der Backshop im Kaufmarkt existiert nur, weil er zur Unternehmensstrategie gehört. Zentral, gegenüber der Johanniskirche, liegen außerdem zwei Gasthöfe. Sie heißen *Roter Ochse* und *Schwarze Tanne*. Nur drei Häuser voneinander entfernt bilden sie die politische und alkoholische Grenze zwischen Ober- und Unterdorf. Je nach Parteifarbe überschreiten die Dörfler diese Grenze nicht. Auch für ihren Abendschoppen nicht. Beide Wirte haben ausreichend Gäste.

Tütleff ist täglich mit einem Bollerwagen unterwegs. Schon früh am Morgen, wenn der Pflegedienst seine Oma versorgt hat, zieht er los und rupft Gras. Er macht kleine Bündel, die er mit starken langen Halmen zusammenzurrt.

Auch heute zockelt er die Hauptstraße entlang. Passanten spricht er freundlich an: »Dras taufen?«, fragt er. Die abschlägigen Antworten variieren: »Nein, hab schon gefüttert.« –

»Mein Schwein frisst kein Gras.« – »Nö, die Enten suchen sich selber was Grünes.«

Die Glatzen vor der *Schwarzen Tanne* brüllen schon von Weitem: »Komm her, Fettleff, wir brauchen was für unsern toten Kater!«

Tütleff muss die Straße überqueren, um zu ihnen zu gelangen. Ohne nach rechts oder links zu schauen, läuft er schräg über die Fahrbahn. Dabei ruft er laut »Tüt-tüt!«, bis er den gegenüberliegenden Gehweg erreicht hat. Grölendes Gelächter und Schenkelklatschen erwarten ihn. Seine Oma hatte ihm beigebracht: »Wenn die Autos *tüt-tüt* machen, musst du stehen bleiben, bis sie vorbei sind.« Daraus schloss Tütleff, dass alle anderen stehen blieben, wenn er *tüt-tüt* machte. Auf Fußwegen klappt das prima, auf der Straße allerdings hat er bisher einfach nur Glück gehabt.

Lächelnd bleibt er stehen und hält den Krawallbrüdern ein Grasbündel hin. »Dras taufen?« Er lächelt weiter. »Für Tater?«

Einer greift das Bündel, schüttelt es, bis alle Halme auf den Boden rieseln, und trampelt mit seinen Schnürstiefeln darauf herum. »Nee, du Trottel, das is nix für unsern Kater. Der kriegt doch seine Kiemen nicht mehr auseinander. Guck mal!« Er hält ihm eine tote Katze vors Gesicht. »Ein Tüt-tüt hat ihn plattgemacht.« Er wirft das Tier in den Bollerwagen. Die anderen wiehern.

Tütleff sammelt die Halme auf und bedeckt den Kadaver damit. »Tschüss«, sagt er leise.

»Wo willste denn hin?«, fragt einer.

»Friedhof. Tater braucht Drab.«

Sie knallen ihre Frühstücksbierbüchsen aneinander und zeigen ihm einen Vogel.

Mit erneutem »Tüt-tüt!« wechselt er zur Johanniskirche rüber. Dort kennt er sich aus, denn er singt im Kirchenchor; genauer gesagt summt er im Chor.

Der Pastor hatte erkannt, dass Tütleff zwei Sachen besonders gut beherrscht: Er hat ein außergewöhnlich feines Gehör und eine wundervolle Summstimme. Geräusche und Töne kann er sich merken und reproduzieren, auch nach sehr langer Zeit. Aber er kennt keine Noten, Texte behält er nicht und die Konsonanten G und K spricht er immer wie D oder T aus. Deshalb steht er in der letzten Reihe und summt aus voller Brust. Die anderen Sänger behandeln ihn freundlich, aber sie nennen ihn weiter Tütleff. Nur der Pastor nicht.

Seine Oma ist stolz auf ihn. Zu jedem Gottesdienst muss er ihren Rollstuhl schieben und neben der ersten Bankreihe platzieren.

Vorgeneigt zieht er jetzt seinen Wagen die gekieste Auffahrt zur Kirche hinauf. Es knirscht leise. Das Eisengatter zum Friedhof ist nur angelehnt. Er lässt die Deichsel fallen und hebt den Torflügel an, damit er beim Öffnen nicht quietscht.

Während er seinen Wagen zieht, erinnert er sich an das sanfte Reiben, das Omas Rollstuhlreifen auf dem Sandweg zwischen den Gräbern erzeugen. Sie hat ihm eine Grabstelle gezeigt, die er jetzt sucht. Das Rechteck ist schon gekauft, dort will sie beerdigt werden. Wenn sie mal stirbt, soll er das Gesparte nehmen, hat sie gesagt: »Damit fährst du nach Norwegen. Dort sind alle Leute lieb mit solchen Jungs wie dir. Da wirst du in keine Anstalt gesteckt. Norwegen! Norwegen, merk es dir!« Tütleff hatte gelächelt. »Norweden, ja, Norweden«, hatte er wiederholt.

Plötzlich stoppt er, schiebt den Bollerwagen vor und zurück und schüttelt den Kopf. Es hört sich nicht richtig an. Als er sich umsieht, merkt er, dass der Sandweg schon viel weiter vorn abbiegt. Er wendet und findet nach der Abzweigung die gesuchte Stelle. Aus dem öffentlichen Geräteschuppen holt er eine Schaufel. Vorsichtig hebt er die tote Katze auf den Rasen und sticht ihre Umrisse aus. Dann zieht er das Tier zur Seite, löst das Rasenstück ab und hebt die passende Grube aus. Er polstert den Boden mit einem Teil seiner Grasbündel und legt das Tier darauf. Die restlichen Halme streut er darüber. Zuletzt schaufelt er die Erde zurück und passt die Rasenplatte exakt ein. Er legt den Kopf schräg, betrachtet den kleinen Hügel und holt tief Luft. Steht einfach so da. Plötzlich lächelt er und beginnt zu murmeln: »Duter Dott …?« Den Rest des Psalms summt er.

»Na, Detlef, was machst du denn hier? Die Chorprobe ist doch erst morgen.« Der Pastor legt ihm eine Hand auf die Schulter und weist mit der anderen auf die Schaufel am Boden. »Wozu der Spaten?«

»Nicht böse demeint. Tatze nicht lebt mehr. Braucht Drab. Oma nicht tot. Und wenn, dann nicht so allein unten. Ich Norweden.« Er ist ein wenig aufgeregt, weil er nicht weiß, wie der Pastor reagieren wird.

»Verstehe, du hast es gut gemeint. Auch Tiere sind Gottes Geschöpfe. Aber die Kirchenglocke dürfen wir nicht läuten. Das ist verboten, also kein Geläut für die Katze! Ist das klar?«

Tütleff darf nämlich manchmal die Totenglocke läuten. Er tut das stets begeistert und geschickt. Zu gern hätte er es für die Katze getan, aber er nickt folgsam. »Teine Tirchendlocke, nein.«

Er schnappt sich die Schaufel und bringt sie an ihren Platz zurück. Dann holt er sein Wägelchen und eilt los. »Teine Tirchendlocke«, wispert er. »Nein, nein.« Dabei lächelt er.

An der Hauptstraße wendet er sich Richtung Ortsausgang. Er will zur alten Aschengrube. Als er die Straße überquert, ruft er »Tüt-tüt!«, weil der Linienbus kommt. Der kann gerade noch bremsen.

Einige Fahrgäste meckern. Aber der Fahrer zuckt nur die Schultern. »Dicker Idiot«, schimpft er gutmütig. Auch er kennt Tütleff. Er winkt dem Jungen zu und droht mit dem Finger. Manchmal lässt er ihn an der Endhaltestelle einsteigen und eine Runde mitfahren. Eigentlich ist der Halt dort am Wendehammer aus dem Fahrplan gestrichen worden; zu viele Dörfler haben ein eigenes Auto. Der Fahrer ist ein hilfsbereiter Mensch. Für Alte oder Behinderte macht er Ausnahmen. In Eigeninitiative. So auch für diesen kindlichen Trottel.

»Teine Zeit, teine Zeit!«, ruft der und zeigt nach vorn. »Muss zur Aschendrube.«

Der Fahrer hupt und hebt die Hand zum Gruß.

Tütleff lacht vor Freude, schreit »Tüt-tüt!« und zieht los. Dabei winkt er zurück, ohne sich umzudrehen.

Die alte Aschengrube wird auch nicht mehr gebraucht. Die Dörfler heizen mit Gas oder Öl. Sie ist wild überwuchert. An manchen Stellen wachsen schon hohe Birken. Nur wenige kahle Flecken sind verblieben, von Ferne wirken sie wie Mottenlöcher in morschen Lodenmänteln. Wahrscheinlich ist die Asche dort mit irgendwelchen Haushaltsgiften kontaminiert.

»In die Diftlöcher nicht treten«, murmelt Tütleff. »Nein, nein!« Eine weitere Warnung von Oma. Aber er hat es eilig, überspringt unbeholfen die gefährlichen Flächen, um schneller an sein Ziel zu gelangen. Den Handwagen hat er stehen lassen.

An einer kegelförmigen dunklen Erhebung macht er Halt. Er nimmt einen Stein auf und kratzt an der Oberfläche herum. Schwarze Brocken lösen sich. Als er die rußigen Reste weggeschoben hat, erklingt beim Schaben ein metallisches Geräusch. Er legt den gerundeten Boden eines uralten Waschkessels frei. Einige Rostlöcher sind schon durchgebrochen.

Zufrieden stemmt er die Hände in die Hüften und lächelt. »Teine Tirchendlocken. Nein, nein«, flüstert er. Mit langem Arm schwingt er den Kratzstein gegen die Außenwand. Das Geräusch klingt blechern und ohne Hall.

Tütleff legt die Stirn in Falten. Dann kniet er sich hin und beginnt mit bloßen Händen, den eingesunkenen Rand des Kessels auszugraben. Als er die Finger darunter schieben kann, hievt er ihn auf die Seite. Kellerasseln, Maden und Regenwürmer suchen das Weite. Wieder schwingt Tütleff den Stein gegen das Metall. Seine Stirn bleibt gefaltet.

Dann sieht er sich suchend um. »Stein nicht, Tlöppel! Tlöppel, Tlöppel?«

Er flitzt hin und her und findet endlich, was er braucht: Eine verrostete Schöpfkelle schlenkert in seiner Hand, als er zu dem auf der Seite liegenden Kessel zurückrennt. Er stellt sich davor und lässt den Kellen-Klöppel diesmal im Innern hin und her schwingen. Seine Stirnfalten glätten sich.

Er beginnt, die Behelfsglocke Richtung Wagen zu rollen. Die schräge Außenwand des Kessels macht daraus ein schwieriges Unterfangen. Rußspuren landen im verschwitzten Gesicht.

Am Wagen angekommen, zieht er die Rückwand heraus. Er lehnt sie als Schräge an und versucht, den Kessel hochzurollen, doch die leichte Karre bricht nach vorne aus. Erst als er zwei Steine als Bremsklötze vor die Vorderräder packt, gelingt es.

Schweißüberströmt schafft er es bis zum asphaltierten Fußweg. Er lässt die Deichsel los, um sich mit dem Jackenärmel die Stirn zu trocknen. In dem Moment kracht es. Die Hinterräder grätschen aufgrund der gebrochenen Achse seitlich weg und der Wagen sinkt mit dem rückwärtigen Teil auf den Gehsteig. Tütleff kommen die Tränen. Laut weinend und gestikulierend rennt er um das kaputte Gefährt herum.

Von der *Schwarzen Tanne* aus beobachten die Glatzen das Spektakel. Langsam schlendern drei heran, immer noch die Bierbüchsen in der Hand.

»Na, Tütleff, alter Schlappsack, brauchste Hilfe von echten Kerlen?«, fragen sie scheinheilig. »Willst wohl den alten Waschkessel anheizen? Ne Abreibung haste dringend nötig, so dreckig, wie du aussiehst.«

Tütleff lächelt mit tränenverschmiertem Gesicht.

Die drei Kerle stellen sich um den Wagen. Der eine zählt laut von zehn herunter. Bei null treten sie zu. Die Fuhre bricht endgültig zusammen und Tütleff fällt einfach um. Direkt vor ihre Stiefel.

»Scheiße. Was machen wir denn jetzt?«

Einer berührt ihn mit der Stiefelspitze.

»Lass das, du Arsch! Vielleicht hat er nicht genug getrunken bei der Hitze. Mit dieser Mistkarre das scheißschwere Ding zu holen war wohl zu anstrengend für den.«

»Bist du jetzt Doktor, oder was?«

»Büchse her!«, befiehlt der andere. Er kniet sich neben Tütleff und richtet ihn vorsichtig auf. Als er sieht, dass dessen Augenlider flattern, setzt er ihm das Bier an die Lippen. »Trink schon, Fettleff! Hopfen und Malz, Gott erhalts. Was meinste, woher unser Sixpack kommt.«

Die anderen streichen zustimmend über ihre Bäuche und grinsen schon wieder. Der Schreck war kurz, aber nicht von Dauer.

Tütleff rülpst leise und schlägt die Augen auf.

»In den Kessel mit ihm! Wir schleppen ihn heim.« Sie winken einen vierten Mann heran. Dann wuchten sie das gusseiserne Becken samt Tütleff auf die Bodenplatte des Wagens. Seine Beine hängen über den Rand und mit den Händen hält er sich an den seitlichen Brettern fest. Jeder packt an einer Ecke an und wie auf einer Bahre tragen sie ihn nach Hause, immer noch die Bierbüchsen in den freien Händen.

Tütleff lächelt beschwipst. Er ist glücklich.

Im Vorgarten der Oma setzen sie ihre Last ab. Zu zweit heben sie ihn heraus und halten ihn aufrecht. Als er sicher steht, fragt einer: »Was willste eigentlich mit dem Rostkessel?«

Alle schauen ihn erwartungsvoll an. Auch seine Oma, die inzwischen zur Haustür gerollt ist. Neugierig streckt sie den Kopf vor. Aber das macht sie immer, weil ihre steifen Halswirbel keine andere Position zulassen.

Tütleff stottert aufgeregt. So viele Zuhörer ist er nicht gewöhnt. »Toter Tater, also der von euch. Teine Tirchendlocken, sagt der Pastor. Nein, nein. Schönes Drab, aber …« Er schaut zu seiner Oma. »Bei dir Tirchendlocken, ja. Bei mir auch, ja.« Er dreht sich wieder zu seinen Rettern. »Tater Dottes Deschöpf. Auch.« Er zeigt auf den Waschkessel. »Ich mache Dlocke für Tatze. Ich!«, betont er.

»So? Und wie ist der Plan?« Die vier Kerle grinsen. »Das schaffst du nie alleine, Tütleff!«

»Ach, Jungchen, das ist aber nett von euch, dass ihr Detlef helfen wollt«, flötet die Oma. »Ich kenne euch noch von früher.

Ihr wart damals schon hilfsbereit. Maxi hat meinem Mann, also Detlefs Großvater, immer beim Reparieren des alten Mofas geholfen.«

Max fühlt sich unwohl. Lob ist er nicht gewöhnt. Ist auch peinlich vor den Kumpels.

»Svenni, du bist doch der Sven vom Bürgermeister, oder?« Der Angesprochene zuckt zusammen und nickt mit roten Wangen. »Weißt du nicht mehr, wie du meine Miezekatze von der hohen Kastanie runtergeholt hast? Sie saß zitternd vor Angst eine Nacht lang da oben. Wahrscheinlich wäre sie irgendwann abgestürzt.«

Sven nimmt vor Schreck einen Schluck Bier. Mist!

»Und dich kenne ich auch. Du bist Lars. Du hast damals eingekauft für mich, als ich das Bein gebrochen hatte. Du konntest gut rechnen. Das Rückgeld hat auf Heller und Pfennig gestimmt. Detlef hat es ja nicht so mit den Zahlen.«

Lars sieht verlegen zu Boden und schiebt die Hand mit dem Bier hinter den Rücken.

»Und wer bist du?«, fragt sie den vierten.

»Ich bin Peter, der Sohn vom Tannenwirt«. Er hat rote Ohren und schaut auf seine Füße. »Habe, äh … heimlich mit Detlef Sackhüpfen geübt. Na, damit er wenigstens an der Dorf-Olympiade teilnehmen konnte.«

Ihr seid gute Jungs. Ich hoffe, ihr gebt euch auch in der Lehre Mühe, damit eure Eltern weiter stolz auf euch sein können.«

In der einsetzenden Stille ist nur das leise Knacken der verzweifelt umklammerten Bierdosen zu hören.

Tütleff räuspert sich laut. Er hat sich erholt und versucht, seinen Plan zu erklären. Lächelnd zeigt er zu der Kastanie. Die ausgefransten Seile seiner Kinderschaukel hängen noch am waagerecht abstehenden untersten Ast. »Also. Da! Tessel auf- hängen. Umdrehen erst.« Mit ausgestreckten Armen rudert er große Kreise in die Luft. »Wie Dlocke, ja?« Er wirkt hilflos.

Die haarlosen Helfer grinsen. »Halt die Fresse und geh aus dem Weg, Fettleff!«, befiehlt Lars.

Er bekommt von Peter einen Tritt vors Schienbein. Die an- deren machen eine Kopfbewegung Richtung Haustür. Doch die Oma ist verschwunden.

»Weg da, Schlappsack!«, schnauzt Lars erleichtert. »Wir werden das Ding schon zum Schaukeln bringen.«

Gemeinsam bugsieren sie den Kessel unter die Kastanie. Ihre Blicke wandern mehrmals zwischen den Seilen und dem Kessel hin und her. Dann ist es still.

»Ts, ts, ts …«, macht Peter.

Grübelnd und etwas ratlos rollen sie die Bierbüchsen in den Händen. Langsam trinken alle aus und reichen die leeren Do- sen an Tütleff weiter. Erst hält er sie krampfhaft an die Brust gedrückt. Dann lässt er sie enttäuscht fallen. Seine Stirn hat viele Falten.

Da kommt die Oma zurückgerollt. Auf ihrem Schoß liegt der große Blechdeckel ihres Einkochapparates. »Ich denke, das könnte klappen«, sagt sie.

Die jungen Kerle verstehen sofort. Max drückt den Deckel von innen an den Boden des Kessels, sodass sein Griff durch eins der Rostlöcher rutscht. Lars und Sven heben ihn hoch, Peter fädelt die Seile durch den Griff und verknotet sie mehr- fach.

Sie treten zurück. Die Glocke schaukelt sanft hin und her.

Tütleff schnieft gerührt. »Dlocke«, sagt er leise und lächelt. »Dlocke für Tater.«

Erwartungsvoll gucken alle die Oma an. Doch statt zu loben, schnippt sie mit den Fingern:»Und wo ist der Klöppel?«, fragt sie streng.

»Wo ist der Tlöppel?«, wiederholt Tütleff. Seine Stirn ist stark gefaltet. Dann rennt er zu den Resten des Bollerwagens. »Telle Tlöppel!«, schreit er aufgeregt.

»Vergiss die Scheißkelle«, meint Lars. »Das klingt doch nicht. Ich hole ein Kilogewicht von unserer Kastenwaage und bring auch gleich ein Stück Eisenkette mit. Damit kannste richtig laut bimmeln, Fett…, äh, Detlef.«

Eine halbe Stunde später ist die Glocke für das Kater-Geläut fertig. Im Innern hängt das Gewicht an der Kette.

Oma hat noch ein Stück Wäscheleine spendiert. »Heute soll die Glocke werden … Mensch, Jungs, das ist ja wie bei Schiller. Hopfen und Malz scheinen bei euch nicht verloren zu sein.«

Verschämt drehen sie mit den Absätzen Löcher in den Boden.

Mit dem Seil kann Tütleff den schweren Klöppel hin und her schwingen. Er will gar nicht aufhören. »Für toten Tater!«, ruft er dabei mehrmals und lächelt.

Alle hören andächtig zu. Max faltet sogar die Hände.

»Keine Katze hatte jemals ein schöneres Totengeläut«, sagt die Oma.

Die Helfer werden gelobt und verabschieden sich höflich. Max deutet sogar eine kleine Verbeugung in Omas Richtung an. Weil die anderen grinsen, beugt er sich noch tiefer und sammelt die Bierbüchsen auf.

Die Oma seufzt. »Detlef, es reicht jetzt. Das war für uns beide ein anstrengender Tag. Hol dir den Liegestuhl. Wir bewundern deine Glocke noch ein Weilchen, bis es ganz finster ist.«

Tütleff baut seinen Stuhl nahe bei der Kastanie auf und rückt Oma daneben. Gemeinsam schauen sie hinauf und dann lächeln sie sich an. Im Geäst knackt und knarrt es. Die Glocke ist kaum noch zu erkennen in der Dunkelheit.

»Darf ich auch mal?«, fragt Oma. Ihre Stimme ist wie ein Hauch, doch Tütleff hat es verstanden.

Er verharrt einen Moment, dann steht er auf und schiebt sie direkt vor die Glocke. Etwas zögerlich gibt er ihr die Schnur in die Hand.

»Ich will alleine«, sagt sie. »Tritt zurück, Detlef!«

Erwartungsvoll geht er schrittweise rückwärts, dabei wellt sich seine Stirn immer stärker. Oma macht es falsch. Sie schwingt die Leine nicht, sondern zieht sich damit aus dem Rollstuhl hoch. Dann hängt sie sich mit ihrem ganzen Gewicht daran. Bevor er sie warnen kann, kracht es laut. Der Ast bricht ab, der kiloschwere Klöppel trifft ihren Kopf und der Kessel begräbt sie unter sich.

Sieben Stunden später sitzt Tütleff im Rollstuhl an der Bushaltestelle bei der Wendeschleife. Auf seinem Schoß streichelt er mit beiden Händen sein kunterbuntes Sparschwein. Der Busfahrer hält an, als er ihn entdeckt. »Na, wo soll es denn heute hingehen, so früh am Morgen?«, fragt er.

»Norweden. Nach Norweden!«, ruft Tütleff und lächelt.

Das Dilemma

Vorgelesen von Marga

Es war schon den ganzen Tag trübe. Dunkel und schwer schoben sich die Wolken am Himmel entlang, aber sie entließen keinen Tropfen. – Noch nicht. Ich machte mich auf zu meinem täglichen Spaziergang, wollte den Kopf freibekommen, bevor ich ein neues Kapitel zu schreiben begann. Zur Sicherheit drohte ich mit meinem Schirm Richtung Himmel: »Lasst euch ja nicht einfallen, gerade jetzt etwas auszuschütten!«

Mit langen Schritten ging ich in Richtung Waldweg. Ich wählte eine kurze Strecke – man weiß ja nie, ob die da oben wirklich Wünsche erfüllen.

Je weiter ich ins dichte Grün eintauchte, desto stärker wurde die Dämmerung. In der Ferne erkannte ich gerade noch die weißen Leichenteile, die auf dem vermoderten Laubboden neben einer Friedhofsmauer verstreut lagen. Ich musste schmunzeln. Trotzdem war ich erleichtert, dass sie sich beim Näherkommen wie schon letztens als Teilstücke von Birkenrinde entpuppten. Die zersägten Stammteile, von denen sie abgesprungen waren, lagerten ordentlich aufgeschichtet an der Mauer. Meine schriftstellerische Fantasie ging eben manchmal mit mir durch. Irgendwann würde ich die Szenerie in einer meiner Geschichten verwenden.

Vorsichtshalber nahm ich wegen des drohenden Unwetters einen noch kürzeren Trampelpfad, der dicht an der alten Betonmauer entlang bis zum Eingangsbereich des nahe gelegenen jüdischen Friedhofs führte. Schon lange hatte ich vor, den einmal zu besuchen. Auf dem Parkplatz stand nur ein einziges Auto. Heute würde ich niemanden stören. Skeptisch blickte ich zum Himmel. Der Regen lauerte, aber er überlegte noch, ob er mit Blitz und Donner gemeinsame Sache machen wollte. *Was solls*, dachte ich, für einen Abstecher zwischen die Gräberreihen würde die Zeit reichen.

Die eine Gitterhälfte des eisernen Eingangstors stand offen. Im Pförtnerhaus brannte Licht. Warum war mir trotzdem mulmig zumute? Bei früheren Spaziergängen hatte ich beobachtet, dass der Friedhof einen eigenen Wachdienst hatte. Auch die Polizei fuhr regelmäßig Streife um das gesamte Gelände. Hier konnte einem nichts passieren.

Langsam betrat ich den Vorhof. »Hallo?«, rief ich in Richtung des erleuchteten Fensters. Nichts rührte sich. Das war unheimlich. Mich fröstelte.

Plötzlich spürte ich, dass jemand hinter mir stand.

»Wos wollen Se hierrr?«, grollte eine tiefe Stimme.

Erschrocken fuhr ich herum und blickte in eiskalte Augen. Sie gehörten einem stämmigen Mann mit breiten Schultern. Er war älter, als seine durchtrainierte Figur vermuten ließ. *Könnte ein ehemaliger Mossad-Kämpfer sein*, konstatierte ich. Schnell wich ich einen Schritt zurück und griff in meine Jackentasche. Seine Hand schnellte vor, wies auf meine. Unter seinem Blick schien mein Körper wie gelähmt.

»Lassen Se das!«, befahl er. »Wos also wollen Se?« Seine Augen verengten sich zu Schlitzen.

Meine Stimme schien jemand anderem zu gehören: »Ich möchte nur einen bisschen spazieren gehen. Die Gräber besichtigen.« Mit der freien Hand zeigte ich auf die Jackentasche. »Ich wollte Ihnen gerade meinen Ausweis zeigen.«

Seine Haltung lockerte sich, aber er blieb aufmerksam. Er machte eine auffordernde Kopfbewegung.

Vorsichtig zog ich den Ausweis heraus und hielt ihm die Seite mit dem Foto hin. »Das bi… bin ich«, stotterte ich unnötigerweise.

Er sog die Luft ein, sein Oberkörper weitete sich und er nickte zögerlich, als hätte sich eine Vermutung bestätigt. Der Blick wirkte jetzt gequält. Langsam trat er zurück und verschränkte die Arme vor der muskulösen Brust. »Soso, ein wennig spazirren, die armen Seelchen bedauern.« Barsch winkte er ab. Ich deutete es als Erlaubnis, das Gelände zu betreten.

Was mich dazu bewog, erst noch einen Schritt zu ihm hin zu machen, weiß ich nicht. Spontan legte ich meine Hand sanft an seinen Ellenbogen. »Ihnen geht es heute nicht gut, oder?«

Völlig bewegungslos ließ er es geschehen, senkte die Lider und begann zu weinen.

Entgeistert sah ich ihn an.

Er ließ mich einfach stehen und floh förmlich ins Pförtnerhaus. Ich sah seine lederne Kippa. Das Rollo wurde heruntergezogen und das Licht gelöscht.

Tröpfelnd fing es an zu regnen. Trotzdem begann ich, ziellos über die Kieswege zu wandern. Ich fühlte mich beobachtet und unwohl. Halbherzig heuchelte ich Interesse, indem ich von einigen der ältesten Grabsteine im hinteren Bereich etwas Moos kratzte. Auf den meisten konnte ich alte Namen entziffern, die gar nicht jüdisch klangen; auch auf einer großen Gedenktafel für die vielen Berliner, die in Konzentrationslagern gestorben waren. Das Ganze wirkte wie ein Teppich aus unzähligen verwobenen Lebenswegen. In der Nähe stand eine abgebrochene Säule, deren Kannelierungen grau und blau gestreift waren wie Häftlingskleidung. Symbolisch erinnerte sie an zahllose bedrückende Schicksale der Vergangenheit. Dazu die realen Tränen des Mannes … Dieses Leid war in seiner Direktheit schwer zu ertragen. Ich machte mich eilig auf den Rückweg.

Was erwartet mich, wenn ich zum Tor zurückkomme?

Meine Schritte wurden schneller, ich rannte. Ich wollte nur noch raus.

Im Pförtnerhaus brannte kein Licht, die Tür war mit einem Vorhängeschloss verriegelt. Auch das Eingangsgatter schien geschlossen. Mein Herz raste. – *Gefangen!* – Verzweifelt rüttelte ich an den Gitterstäben, bis ich merkte, dass das Tor in die andere Richtung zu öffnen war. Es schwang auf und ein Zettel fiel zu Boden: *Kommen Sie nächste Woche wieder. Selbe Tag und Zeit. Bitte! Th. Herrmann.*

In meinem Gehirn regte sich verschwommen eine Erinnerung, weit hinten, sehr weit, aber gleichzeitig auch ganz nahe, denn dieser Name war mir eben auf einem der neuen Grabsteine aufgefallen. Er hatte mit einem Erlebnis aus meiner Kindheit zu tun. Nie hätte ich ihn auf einem jüdischen Grab vermutet.

***

Eine Woche rang ich mit mir, ob ich der Aufforderung folgen sollte, doch ich war neugierig, was seine Tränen und meine Erinnerung an den Namen bedeuteten. Zum gewünschten Zeitpunkt klopfte ich daher an die Tür des Pförtnerhäuschens und trat einen Schritt zurück.

Der Mann öffnete. »Theodor Herrmann«, stellte er sich vor und sah mich an. Er hatte keine kalten Augen – er hatte traurige Augen.

»Tilla … äh Mathilde Heine.«

»Bitte einzutreten«, sagte er leise mit seiner tiefen Stimme. »Und bitte entschuldigen Sie mein schlechtes Deutsch. Ich bin erst seit einigen Monaten in Berlin. Habe viele Worte meiner Muttersprache vergessen, leider.« Die Sätze klangen wie auswendig gelernt.

Vorsichtig trat ich ein. Der kleine Tisch am Fenster war für zwei Personen gedeckt: ein alter Samowar und Teetassen, ein Zuckerschälchen, ein Honigglas. Auffordernd zeigte er auf den Stuhl neben der Tür und rückte ihn für mich zurecht. Dann ließ er sich bedächtig nieder und schaute mich prüfend an. Mit einer Handbewegung forderte er mich auf, mich zu bedienen.

Nach längerem Schweigen begann er zu sprechen: »Sicher habe ich Sie … geschreckt. Dafür Entschuldigung. Aber müssen Sie wissen, dass Ihr Name große Schmerzen für mich bedeutet. Will sagen … also *Sie* haben *mich* erschreckt.«

Ich blieb ganz still.

Langsam fuhr er mit beiden Handflächen über die Tischplatte. »In Ihrem Ausweis steht *geborene Siebert* … Meine Frau war eine geborene Siebert, Luise Siebert.«

Ich atmete tief ein, völlig überrascht von dieser Mitteilung. Vor Ewigkeiten hatte ich eine Tante, die wir *Tante Lucy* nannten. Als Kind hatte ich ihre Berliner Adresse oft auf Postkarten oder Briefumschläge gemalt, besser gesagt *abgepinselt* von alten Absendern, weil ich noch nicht schreiben konnte. Als ich mehr über die Tante wissen wollte, hatte Mutter immer abgewinkt. »Die ist schon lange geschieden«, hatte sie nur gesagt und die Augen verdreht. »Für kurze Zeit war sie mal eine Herrmann. Frag mich nicht, warum!« Ich machte große Augen: »Die Tante war mal ein Herr? Ein Herr Mann?« Mutter schüttete sich aus vor Lachen und nannte mich *dummes Ding*. Ich schämte mich so sehr, dass ich es nie vergaß. Natürlich auch deshalb, weil die Geschichte bei jeder Familienfeier als Witz erzählt wurde. Tante Lucy besaß, soweit mir gesagt wurde, keine eigenen Kinder und schickte deshalb mir kleine Päckchen mit Geschenken. Darin befanden sich meistens Süßigkeiten oder Kaugummis, die bei uns zu Hause auf dem Dorf eine Rarität waren. Ihr Name war mir egal. Angeblich arbeitete sie im Nachkriegs-Berlin für die *Amis* – tagsüber als Sekretärin im Büro ihrer Versorgungseinheit, abends in einem Klub als Sängerin.

Als ich Theodor Herrmann das erzählt hatte, nickte er nur, als ob er es geahnt hätte. »Was ist aus ihr geworden?«, fragte er.

Ich hob die Schultern. »Das weiß ich nicht. Keine Ahnung. Ich war damals ja noch ein Kind. Ich kann mich nur erinnern, dass Ende der Vierzigerjahre eine Postkarte von ihr kam. Deren kurzer Inhalt hat die ganze Familie schockiert – Eltern und Großeltern. Wenn ich mich recht erinnere, stand darauf: *Meine Lieben! Ihr werdet für eine sehr lange Zeit nichts mehr von mir hören. Ich umarme Euch, besonders meine Kleine! Eure Lucy.* Keiner konnte oder wollte mir erklären, was das bedeutete, aber ich spürte, dass alle fassungslos waren. Meine Mutter murmelte etwas von *verlorener Erbschaft*. Die Karte wurde viele Jahre in der Schachtel mit den alten Briefen aufbewahrt. Bis heute habe ich überhaupt nicht mehr daran gedacht.«

Lange blieb es still. »Es könnte so gewesen sein«, murmelte der Mann leise vor sich hin. Er schien mit seinen Gedanken in weiter Ferne.

Ich rührte in meinem Tee und wartete.

»Bitte, Sie haben Geduld?« Es war mehr eine Aufforderung.

»Ich möchte Bericht geben.«

Und dann hörte ich eine Geschichte, die eigentlich besser in einen Kinofilm oder ein Drama gepasst hätte: Sein Vater war 1935 als einer der letzten jüdischen Beamten von den Nazis entlassen worden. Obwohl er im Ersten Weltkrieg ausgezeichnet worden war, wurde ihm das Frontkämpferprivileg entzogen. Von da an war der Vater ein gebrochener Mann. Er packte seine Sachen und es gelang ihm, mit Unterstützung von Freunden, in die Schweiz zu fliehen. Von dort aus begab er sich nach Amerika. Seitdem galt er als verschollen.

Theodor Herrmann holte tief Luft: »Ich selbst glaubte lange nicht an den Vernichtungsplan der Nazis«, sagte er und wirkte immer noch fassungslos über seine damalige Blauäugigkeit. »Kurz nachdem mein Vater gegangen war, hatte mich meine große Liebe geheiratet. Ihr Name war Luise Siebert. Yes, sie hat mich geheiratet!«, betonte er. »Luise war Deutsche mit arischen Ahnen, sie studierte Gesang. Ihr Vater war hoher Beamter in der gleichen Behörde, in der mein Vater gearbeitet hatte. Und diese Frau glaubte mich, einen jüdischen Arzt ohne Anstellung, durch eine Heirat retten zu können.« Es schien ihn immer noch zu verblüffen. »Ich war Realist, rechnete nicht mehr mit der Hochzeit. Doch Luise heiratete mich trotz aller Widrigkeiten. Sie war wirklich Frau Herrmann geworden.« Er seufzte und schüttelte immer noch ungläubig den Kopf.

Als er weitererzählte, klang es so emotionslos, als ob er von einem Fremden berichtete: Sein Medizinstudium hatte er noch abschließen können, aber Approbation und kassenärztliche Zulassung wurden Juden verweigert. Sogar aus seinem geliebten

Sportverein war er ausgeschlossen worden, obwohl er zu den besten Ringern Deutschlands zählte. Vor den Olympischen Spielen waren seine Wettkampfergebnisse manipuliert worden, damit er nicht in den Olympiakader kam. Durch Zufall bekam er die Chance, heimlich als Aushilfskraft in der Pathologie zu arbeiten. Dort waren seine Kenntnisse über den menschlichen Körper sehr willkommen. Der Chef überließ ihm fast alle Sektionen sowie die nötigen Ergebnisberichte und Gutachten, aber die Lorbeeren erntete er für sich selbst. Theodor war verzweifelt, fühlte sich nutzlos und sein Selbstwertgefühl sank immer mehr. Dabei lebte er in ständiger Angst. Wenn seine Tätigkeit herausgekommen wäre, hätte man ihn in ein KZ deportiert.

»Als Luise schwanger wurde, legte ihr Vater ihr dringend nahe, sich von diesem *Juden Herrmann*, so nannte er mich, scheiden zu lassen.«

Je länger er sprach, desto besser wurde sein Deutsch, die dunkle Stimme klang jedoch immer trostloser. Bevor er fortfuhr, wanderten seine Hände wieder über die Tischplatte. Dann füllte er mit zitternden Fingern sein Teeglas nach. Die Bedrückung war ihm anzumerken.

»Wir folgten dem Rat, um das Kind zu schützen. Kinder mit einem nicht arischen Elternteil wurden in Umerziehungsheime gesteckt. Luise nahm ihren Mädchennamen Siebert wieder an. Ich tauchte in einer Laubenkolonie unter. Später schlug ich mich in die Schweiz durch. Wir hatten vorher vereinbart, dass meine Frau, wegen vorgetäuschter Schwangerschaftsprobleme, einen Erholungsaufenthalt in den Bergen verbringen sollte. Ganz offiziell, in einem Luftkurort. Doch als die Geburt kurz bevorstand, gab sie zu Hause in Berlin an, beim Schwimmen im See eine Fehlgeburt erlitten zu haben und darum zur Genesung den Schweiz-Aufenthalt verlängern zu müssen. Wir waren heimlich in eine einsam gelegene kleine Berghütte in einem anderen Kanton gezogen. Ich half, unser Kind auf die Welt zu bringen. Bis unser Sohn entwöhnt war, blieben wir zusammen. Meine Frau konnte sich nicht entschließen, Europa zu verlassen. Das war eine kritische Situation für uns, ein fürchterliches Dilemma, egal welchen Weg wir wählen würden. Aber wir mussten eine Entscheidung treffen. Es eilte. Wir glaubten beide nicht mehr an positive Veränderungen der politischen Verhältnisse, also beschlossen wir eine Trennung auf Zeit. Deshalb floh ich mit dem Kleinen nach Palästina.«

Minutenlang quälten ihn die Erinnerungen. Ich sah es ihm an und litt mit.

»Meine Frau, also geschiedene Frau, ging nach Berlin zurück und war als Hilfskrankenschwester tätig. Das Singen war ihr vergangen. Nach Kriegsende arbeitete sie für die Alliierten. Sie unterstützte uns von Berlin aus finanziell. Die lange Trennung war schwierig, doch unsere Liebe hat überdauert. 1948 beschlossen wir, einen gemeinsamen Neuanfang zu wagen. Da uns die Situation in Deutschland immer noch zu unsicher war, kam sie endlich zu uns ins gerade gegründete Israel. Wir heirateten erneut und lebten zusammen in einem Kibbuz.«

Erschöpft hielt er eine Weile inne.

»Doch bald meldete ich mich zur Armee, arbeitete als Arzt und trainierte weiter in einer Ringergruppe. Als Ende der Vierzigerjahre der Mossad gegründet wurde, ließ ich mich zum Geheimagenten ausbilden.«

Erneut machte er eine Pause. Er schien mit sich zu kämpfen. Ich hoffte inständig, er würde weitererzählen.

Nach längerem Zögern räusperte er sich. »Es ist nicht nur der Name. Es war, als ob meine Frau wieder auferstanden wäre, als Sie plötzlich vor mir standen.«

Verwirrt schaute ich ihn an. »Okay, dass Ihre Frau meine verschollene Tante Lucy war, ist möglich. Aber wie kommt es zu der großen Ähnlichkeit?«

Ich sah, dass auch er grübelte. Außerdem schien ihm die Frage unangenehm. Er wand sich auf seinem Stuhl.

Da kam mir eine Idee. »Hatte Ihre Frau noch Geschwister?«

Er horchte auf. »Angeblich einen älteren Bruder, der bei einem Vorkriegsmanöver in der brandenburgischen Provinz ums Leben gekommen war.«

Ich spürte ein Kribbeln. Meine Mutter war zu der Zeit auf einem Gutshof an der Havel gewesen, um gehobene Haushaltsführung zu erlernen, wie es damals für Mädchen aus gutem Hause üblich war. Sie hatte dort eine Liebschaft, von der sie bis ins hohe Alter schwärmte. Es gab sogar ein Freundschaftsfoto, das einen bildschönen jungen Offizier in Naziuniform zeigte. Das Bild steckte in unserem Familienalbum. Ich empfand die Tatsache als Kind völlig ungerecht gegenüber meinem Vater, aber meine Eltern müssen sich einig gewesen sein, denn in meinen persönlichen Dokumenten blieb der Zusatz: *geborene Siebert* erhalten. »Nun, da haben wir die Erklärung«, sagte ich und schilderte, was ich wusste.

Er schien aber nicht überzeugt und lehnte sich zurück.

Deshalb überlegte ich laut weiter: »Vor seinem Tod muss der Bruder Ihre Frau gebeten haben, das Wohlergehen seines Kindes sicherzustellen. Vielleicht wollte sie das gegebene Versprechen nicht brechen. Fiel es ihr deshalb doppelt schwer, aus Deutschland wegzugehen? Darum die brieflichen Kontakte und

Geschenke, bis sie mich inzwischen gut aufgehoben und in besten Händen wusste. Dann konnte sie guten Gewissens zu Mann und eigenem Kind nach Israel gehen.«

Er faltete die Hände im Schoß und ließ den Kopf sinken.

Oder war es doch ganz anders? Ich war völlig fertig und durcheinander. Vor Aufregung konnte ich nicht mehr klar denken. »Das alles sind nur Vermutungen«, gab ich zu. »Gesprochen hat sie mit Ihnen nicht darüber?«

Er hob resigniert die Schultern und versuchte, sich wieder zu straffen. Dann wechselte er abrupt das Thema: »Und jetzt wollen Sie natürlich wissen, warum ich nach Berlin zurückgekommen bin.«

Da ich merkte, wie erschöpft wir beide waren, fragte ich nur: »Besser nächste Woche, selbe Tag und Zeit?«

Er lächelte, denn er hatte bemerkt, dass ich seine Worte von der ersten Einladung benutzte. Zustimmend neigte er den Kopf und wedelte mich mit den Händen hinaus.

***

Eine Woche hatte ich Zeit gehabt nachzudenken. Inzwischen war mir klar, dass der Bruder seiner Frau nicht mein Vater war, denn ich wurde erst 1942 geboren. Doch die Wahrheit wollte ich von ihm selber hören.

»Danke, dass Sie gekommen sind, Tilla! Nennen Sie mich Theo. Nun, warum bin ich in Berlin? Und warum erzähle ich Ihnen das alles?«, begann er sofort. Jetzt wurde seine Sprechweise sachlich. »Unser Sohn, der meiner Frau fast so ähnlich ist wie Sie, wollte von Anfang an seine deutschen Wurzeln kennenlernen. Er lehnte die Kippa ab und die jüdischen Traditionen interessierten ihn nicht, zumal er während der Schulzeit als *germanischer Krautkopf, Nazibrut* und so weiter beschimpft und ausgegrenzt wurde. Deshalb ging er nach seiner Armeezeit zum Studium nach Berlin. Die Stadt sei weltoffen, die Menschen tolerant, niemand würde diskriminiert, meinte er. Ich konnte ihn verstehen, hatte ja umgekehrt ähnliche Beschimpfungen in meiner Kindheit ertragen müssen: *Zigeuner, Krauskopf, Judensau …* und Schlimmeres. Nach kurzer Zeit teilte er uns mit, dass er in Deutschland bleiben würde. Für meine Frau war das ganz furchtbar. Zum zweiten Mal musste sie sich von ihrem Kind trennen.«

Mit Tränen in den Augen sah er mich flehend an. Er wusste, dass ich inzwischen begriffen hatte, dass es sogar eine dritte Trennung für sie bedeutete. Aber anscheinend fiel es ihm zu schwer, die ganze Wahrheit auszusprechen. Deshalb überließ er es mir.

»Sie haben es schon geahnt, als ich plötzlich vor Ihnen auftauchte, nicht wahr, Theo?«, fragte ich. »Deshalb Ihre Tränen. Inzwischen ist es mir auch klar geworden. Lucy schrieb auf ihrer Abschiedskarte: *Ich umarme Euch, besonders meine Kleine.* Sie schrieb *meine Kleine!* – Wir müssen es beide akzeptieren.«

»Aber Tilla, ich hätte ihr alles verziehen. Alles! Im Krieg waren es sehr schwere und gefährliche Zeiten für einsame junge Frauen. Und als Ledige war sie sicher gezwungen, das Kind wegzugeben.« Energisch wischte er diese Gedanken von der Stirn. Ansatzlos sprach er weiter. »Nachdem klar war, dass unser Sohn nicht nach Israel zurückkommen würde, hat sie sich das Leben genommen. Ich bin mit dem Sarg nach Berlin geflogen und wir haben sie hier beerdigt. Um ihr nahe zu sein, arbeite ich einen Tag pro Woche als Wachmann.« Energisch erhob er sich, nahm meine Hand und zog mich hinaus.

Ich ahnte schon, wohin.

Als wir vor ihrem Grab standen, faltete er seine Hände. »Hier bringe ich dir deine Tochter, Liebes.«

***

Bei unserem nächsten Treffen auf dem Friedhof lernte ich seinen Sohn und dessen neunjährigen Enkel kennen. Es war dunkel und regnerisch, wie bei meinem ersten Besuch. Trotzdem gingen wir zusammen zu Luises Grab.

Der Junge schob sich neben mich. »Du bist meine Tante, sagt Opa.« Eine Frage schwang mit.

Als ich nickte, reichte er mir vertrauensvoll seine kleine Hand. In der anderen trug er einen Blumenstrauß und zeigte damit zum Grab. »Ich bin der Urenkel von ihr«, ergänzte er.

Ich half ihm mit dem Strauß. Nebenbei hörte ich, wie sein Opa mit Theo flüsterte. Er bat ihn, in der Öffentlichkeit keine Kippa zu tragen. Besonders dann nicht, wenn er den Jungen aus der Schule abholte. Irgendwer musste das beobachtet haben. Die Mitschüler hätten begonnen, den Kleinen als *Judenkind* zu verspotten und zu mobben.

Theo sah mich an. Die Regentropfen in seinem Gesicht wirkten wie Tränen.

Auf meinem Heimweg gelangte ich zu der Stelle, wo die Stücke aus Birkenrinde lagen, die mich früher an Gebeine erinnert hatten. Furcht vor imaginären Ängsten zu thematisieren, war Unsinn. Im wahren Leben lauerten weit schlimmere Bedrohungen. Theos neuerliches Dilemma hatte mir die Augen geöffnet und mich wütend gemacht. Entschlossen zertrampelte ich die morschen Teile und warf sie auf den Holzstoß.

Kein schöner Tod

Vorgelesen von Dana

Ihr spontaner Lachanfall ebbte nicht ab, sondern ging schlagartig in ein hysterisches Heulen über, als sie sich der peinlichen Lage bewusst wurde, in der sie sich befand: Nackt saß sie eingeklemmt zwischen Badewanne und Toilettenbecken. Vor dem Baden hatte sie sich erleichtern wollen. – Warmes Wasser regt die Darmtätigkeit an, da sollte man besser vorbeugen. Aus dem engen Zwischenraum, in den ihr schlaffer Körper infolge einer leichten Benommenheit gerutscht war, konnte sie sich nun aber nicht aus eigener Kraft befreien. Das Badewasser lief indes weiter.

Das linke Bein war nach hinten weggedreht und tat scheußlich weh, weil sie mit ihrem Gewicht darauf saß; sie versuchte es zu entlasten, hatte aber keinen richtigen Halt. Die rechte Schulter klemmte außerdem unter dem nach außen gewölbten Rand der altmodischen Wanne – eine Rutschbewegung mit dem Hintern wurde durch die bauchige Ausbuchtung der Klosettschüssel unmöglich gemacht. Rettung war also nur nach oben möglich. Aber sie schaffte ja nicht mal, das schmerzende Bein zu entlasten, geschweige denn sich hochzustemmen. – Sie brauchte Hilfe!

Doch wer sollte sie rausziehen? Sie war allein … allein in einer äußerst unangenehmen Lage.

Das Wasser lief weiter und weiter.

Telefon und Notfallknopf lagen wie immer griffbereit auf dem Rattan-Hocker neben der Wanne, aber leider außerhalb ihrer Reichweite.

Sie schrie vor Wut auf und versuchte, sich etwas weiter zu verdrehen, darum bemüht, den linken Ellenbogen auf den Rand des Toilettensitzes zu bekommen und sich mit dem Rücken an der Wand abzustützen. Durch Hochschieben wollte sie das Gewicht, das auf dem abgewinkelten Bein lastete, so weit verringern, dass sie es ausstrecken konnte. Dadurch würde sich die Verklemmung lösen und sie könnte nach vorne rutschen.

Sie schwitzte vor Anstrengung und Schmerz und durch den warmen Wasserdampf war alles mit einem feuchten Nebel überzogen und damit glitschig – sie fand keinen Halt. Zusätzlich bohrte sich bei dieser Aktion die Metallhalterung der Papierrolle scharfkantig in ihren Rücken. Sie schaffte es nicht und gab stöhnend auf. Der schaumbedeckte Wasserspiegel hatte fast den Rand der Wanne erreicht.

Sie heulte noch einmal vor Wut auf. Dann schrie sie um Hilfe, brüllte so laut sie konnte. Sie lauschte. Nichts. Noch mal. Erneutes Lauschen. Wieder nichts. War ja auch nicht zu erwarten gewesen. Wer sollte sie hören, wer vermissen? Die redselige Postbotin war die Einzige, mit der sie ein paar Worte wechselte, falls sie mal ein Paket bekam. Doch der Zeitpunkt war vorbei, die würde frühestens morgen klingeln.

Goethes *Zauberlehrling* kam ihr in den Sinn. »Herr, die Not ist groß!«, deklamierte sie verzweifelt. Aber für sie gab es keinen Meister, der ihr aus der Not helfen würde. »Wie das Becken schwillt!«, flüsterte sie.

Erschöpft ließ sie den Kopf auf die Brust sinken. Was für ein hässlicher Tod. Das würde sich in Windeseile verbreiten, vielleicht sogar in den Medien landen. Die Presse warf sich mit Wonne auf solche beschämenden Vorfälle. In der Literatur kam so etwas nicht sehr häufig vor, in einer Novelle hatte sie allerdings einmal von einem Mann gelesen, der von einem Schwein erschlagen worden war. Jemand hatte das Tier auf seinem Balkon schwer und fett gefüttert, sodass der Beton irgendwann samt Schwein abstürzte. Den Angehörigen des Toten war das so peinlich, dass sie in eine weit entfernte Gegend zogen, wo sie niemand kannte. Sie schnaubte grimmig und mochte sich gar nicht ausmalen, wie ihre Töchter reagieren würden.

Erste Schaumflocken schwappten über den Rand.

Da kam ihr der rettende Einfall: Vielleicht gelänge es ihr, aus der Enge zu flutschen, wenn das Wasser überlief? Wenn nicht, würde sie wahrscheinlich zwischen ihrer Badewanne und dem Klo sterben. Sie beobachtete gespannt, wie immer mehr Schaum über die Kante glitt und langsam ein Wasserfall über die gesamte Wannenbreite plätscherte. Endlich lief das Wasser bis zu ihr in die Ecke, überzogen mit einem brauchbaren Rest Seifenschaum. Sie ruckte und bog sich, drückte und zog … bis zur Erschöpfung quälte sie sich, doch es klappte nicht: Sie steckte fest in dieser Klemme. Elendiglich würde sie verrecken in ihrem wunderschönen Jugendstilhaus, eingerichtet mit erlesenem Geschmack – ihrem Geschmack. Sogar die Badezimmertür hatte Bleiglasscheiben mit farbigen Jugendstilmotiven. Sie hatte auf einer Versteigerung viel Geld dafür ausgegeben. Die Öffnung hatte ausgestemmt werden müssen, damit das teure Stück eingepasst werden konnte. Der Einbaupreis hatte sich verdoppelt. Aber es hatte sich gelohnt, die Tür schloss millimetergenau. Zusätzlich hatte sie den Türrahmen zwecks Polsterung mit Filz abgedichtet, damit sie bei Durchzug nicht zuknallen konnte. Gerade vorhin erst hatte sie sich wieder über diese Vorsichtsmaßnahme gefreut, als sie ins Bad gegangen war. Die zarten Glasbilder wirkten wie ein durchsichtiger Gobelin, einfach traumschön. Für deren Schutz war ihr nichts zu teuer gewesen. Verzweifelt erkannte sie, dass sie offenbar sehr viel Geld für eine Todesfalle ausgegeben hatte.

Inzwischen bedeckte das Wasser schon fast den gesamten Fliesenboden. Der handgewebte, farblich zu den Kacheln und der Glastür passende Badeteppich, den sie über das Abflussgitter des Fliesenbodens gelegt hatte, war vollgesogen. – Das Gitter hatte ihr ästhetisches Empfinden gestört. Dummer Fehler! Nun floss das Wasser nicht ab, jedenfalls nicht schnell genug. Vor Wut weinend zitierte sie erneut: »Soll das ganze Haus ersaufen?« Ja, sie würde ertrinken. Selbstmord durch Badewasser.

Entsetzt stöhnte sie auf. Bei Selbstmord würde die Versicherung nicht zahlen. Diese Klausel war ausdrücklich in ihrer Lebensversicherung vermerkt. Die Mädchen würden sich nicht nur wegen der unwürdigen Umstände ihres Todes schämen, sie würden auch kein Geld bekommen. Das bedeutete, dass ihr eigenes Begräbnis nicht nach den Vorgaben, die sie schon lange im Testament festgelegt hatte, stattfinden könnte. Selbst der Trost einer schönen Beerdigungsfeier schien sich in Wasser aufzulösen.

Dieser schreckliche Gedanke aktivierte ihr Gedächtnis. Sie schrie eine weitere Zeile in die dampfend feuchte Luft des Badezimmers: »Seh ich über jede Schwelle doch schon Wasserströme laufen!«

Schwelle? Über jede Schwelle! Ha!

Dieser Gedanke mobilisierte ihre letzten Kräfte. Unter erneuten Schmerzen schob sie den Arm Richtung Seifenspender. Die schwere Kristallflasche stand auf dem Wannenrand. Sie konnte ihn nicht greifen, aber Zentimeter um Zentimeter schob sie ihn mit den Fingerspitzen nach vorn. Als er in ihren nackten Schoß stürzte, brüllte sie vor Schmerz, aber auch vor Freude. Die Wasseroberfläche leckte schon an den gläsernen Türbildern.

Ungeschickt umklammerte sie den schweren Kristallklotz. Mit letzter Kraft hob sie den linken Arm und konzentrierte sich auf den Wurf. Es brach ihr fast das Herz, die teuren Kunstwerke zu zerstören, aber es musste sein. Sie hatte nur diese eine Chance. Wenn sie traf, würde das Wasser nicht höher steigen als bis zum unteren Türblatt. Es würde sich seinen Weg durch den Flur und die Diele nach draußen suchen und Hilfe alarmieren. So oder so würde sie irgendwann jemand finden. – Hoffentlich nicht die Postbotin, die würde ihre peinliche Situation aller Welt weitererzählen.

Voller Verzweiflung schleuderte sie das Geschoss Richtung Tür.

Im Netz von Lügen

Vorgelesen von Isa

Die Stehlampe warf einen hellen Kreis auf den Schreibtisch. Leon verschmolz im Hintergrund mit dem Schatten. Er war Spezialist im Lesen von Körpersprache. Aufmerksam beobachtete er die Szene vor sich.

Wie im grellen Scheinwerferlicht auf einer Bühne saßen sich der Mitarbeiter der Asylagentur und eine verschleierte Frau gegenüber. Leise hatte sie ihren Namen gemurmelt. Milani, angeblich aus Syrien. Sie legte einen zerfledderten Pass auf den Tisch. Die Innenseiten waren vom Wasser wellig. Die Goldschrift und der weiß-golden-gestreifte Vogel mit ausgebreiteten Schwingen auf dem Deckblatt waren abgegriffen. Das Dokument lag ungeöffnet vor ihr.

Leon brauchte die Schrift nicht zu entziffern, er wusste, was in drei Sprachen darauf stand: *Syrian Arab Republic*. Einst hatte er selbst ein solches Dokument besessen.

Die Frau hatte ihn noch nicht wahrgenommen. Sie trug einen Nikab, der nur die Augen freiließ. Der gesamte Körper war von dem unförmigen langen Gewand umhüllt. Die Füße steckten in klobigen Männerturnschuhen. Aufgrund der Stimme und der schmalen Schultern vermutete er eine sehr junge Frau. Sie saß auf der Kante des Stuhles, die Knie eng zusammengepresst, und pochte mit den Fersen unablässig auf den Fußboden. Ihre Hände waren so fest verschränkt, dass sich die Fingerknöchel hell von der leicht olivfarbenen Haut abhoben. Ansonsten bewegte sie sich gar nicht, nur ihre dunklen Pupillen wieselten unter den halb gesenkten Lidern hin und her. Die dichten Wimpern waren lang und leicht nach oben gebogen. *Keinerlei Augen-Make-up*, konstatierte Leon. An der Stuhllehne hing ein schlaffer, scheinbar leerer Stoffrucksack.

Der Angestellte nahm das Dokument mit spitzen Fingern und versuchte vorsichtig, die teilweise verklebten Seiten auseinanderzubekommen »Milani, oder? Das kann man ja alles kaum noch entziffern«, sagte er gereizt und warf den Pass zurück. Dann las er aufmerksam Seite um Seite von einem Papierstoß, der vor ihm lag. Ordentlich wendete er jedes Blatt um. Keiner sagte etwas. Die Heizung summte leise.

Während er die Augen nicht von der Frau ließ, dachte Leon daran zurück, wie er zu diesem Job gekommen war. Durch einen starken Zustrom von Flüchtlingen hatte die Behörde dringend Dolmetscher für Arabisch und Persisch gesucht. Besonders gefragt waren Leute, die in früherer Zeit in Geheimdienstmissionen in diesen Ländern unterwegs waren, ehemalige Elitesoldaten oder ähnliche Berufe, möglichst geschult im Lesen von Körpersprache. Leon hatte sofort zugesagt. Er erfüllte mehrere der Anforderungen: Er war Elitesoldat mit langjährigen Einsätzen im Nahen Osten, mehrsprachig und sogar Spezialist im Lesen von Körpersprache. Er hatte beim amerikanischen CIA eine Ausbildung gemacht, war später an Operationen in Afghanistan und Syrien beteiligt gewesen, immer undercover. Bevor er in den vorzeitigen Ruhestand entlassen wurde, hatte er Vorträge über das Entschlüsseln von Körpersprache gehalten und sogar Kollegen der GSG 9 darin geschult. Als er aus Altersgründen ausgemustert wurde, warf er frustriert auch die Dozententätigkeit hin. *Aus Altersgründen*, dachte Leon bitter. Schnee von gestern. Er hatte sich gelangweilt und deshalb ein Büro als Privatermittler eröffnet. Seit zwei Jahren arbeitete er zusätzlich als menschlicher Lügendetektor für die Asylbehörde.

Jetzt konzentrierte er sich wieder auf die Reaktionen der Frau, denn endlich wurde der Papierstapel auf dem Schreibtisch in Form gestaucht und die Befragung begann. Das verschleierte Wesen nickte nur oder schüttelte den Kopf.

Aufmerksam verfolgte Leon den einseitigen Dialog. *Sehr ungeschickte Fragen*, dachte er. *Sie lügt.* Er mischte sich jedoch nicht ein.

Als ein weiterer Termin vereinbart wurde, grüßte er den Befrager knapp und verließ leise den Raum. Angstvolle Augen hatten ihn angestarrt, als er plötzlich durch den hellen Lichtkreis gegangen war. Dieser Blick ließ einen Erinnerungsfetzen aufglimmen. Bevor er ihn festmachen konnte, war er aber wieder verschwunden.

Draußen stellte er sich ans Ende einer Warteschlange, zog seine Jacke aus und verschmolz mit den anderen.

Als die Frau herauskam, folgte er ihr mit weitem Abstand. Er wusste, dass man sie jetzt zur medizinischen Erstuntersuchung geschickt hatte.

Ihre Schritte wurden zögerlich, plötzlich drehte sie sich um und kam mit gesenktem Kopf direkt auf ihn zu. Rasch wandte er sich zu einem geparkten Auto und kramte in den Hosentaschen, als ob er den Schlüssel suche.

Sie ging zielstrebig zurück ins Amt. Leon sah sie gerade noch in der Behindertentoilette verschwinden. *Aha*, dachte er.

Nach wenigen Minuten schon trat ein sehr junger Mann aus der Tür. Er trug dieselben Schuhe und einen prallen Stoffrucksack. Seine Frisur war eine Art Knoten auf dem Kopf, im Moment gerade modern, die Ohren frei rasiert. Leon nannte das spöttisch *Terrier-Frisur* oder *Samurai-Zwiebel.*

Als der Bursche auf die Straße gegangen war, öffnete Leon die WC-Tür, um seine Vermutung zu überprüfen. Leer. Er eilte auf die Straße und dem Jungen hinterher, bis er ihn vor sich sah. Er wusste, wohin er nun unterwegs war: zur medizinischen Untersuchung. *Schlaues Kerlchen*, dachte er, *aber warum? Will er doppelt abkassieren?*

Irgendwas stimmte hier nicht. Leon war verwirrt. Der Junge wirkte gehetzt, schaute sich immer wieder verstohlen um, als ob er einen Verfolger vermutete. Aber wenn da jemand war, musste es ein Profi sein wie er selbst.

An einem Kiosk trank Leon einen Espresso und beobachtete unauffällig die Umgebung, dabei behielt er die Bewegungen vor dem Eingang der großen zweistöckigen Rotkreuz-Baracke immer im Blick. Nebenbei las er mühelos die Zeitung mit, die sein Gegenüber auf dem Bistrotischchen ausgebreitet hatte: Die Presse gab bekannt, dass seit 2014 schon mehre Millionen Euro für Dolmetscher ausgegeben worden waren. *Sie bezahlen mich ganz gut, yes*, dachte Leon. *Aber diese laienhafte Ausfragerei durch überforderte Angestellte ist keine gute Strategie. Pillepalle!* Seine alte Freundin Milli hatte es auf den Punkt gebracht: Man sollte den Leuten Arbeit geben und Sprachkurse verpflichtend machen. Vorher kein Taschengeld. Da würde sich die Spreu schneller vom Weizen trennen. Lügner oder Drückeberger würden dann ganz ohne teure Dolmetscher auffliegen.

Wie er vermutet hatte, kam nach einer Weile die verschleierte Frau mit den klobigen Turnschuhen aus der Rotkreuz-Baracke. Leon grinste. Sie trug wieder einen schlaffen Stoffrucksack. Diesmal musste sich der Junge gleich drinnen umgezogen haben.

»Ich sehe dich wieder, mein Kleiner.« Zufrieden beendete er seine persönliche Observation.

***

Mitten in der Nacht klingelte es wie vereinbart an der Tür. Leon griff im Dunkeln nach dem Handy und sprang gleichzeitig von der flachen Matratze auf, ohne die Hände zu benutzen. Das Klingeln war ein Teil seines täglichen Fitnessprogramms. Früher hatte er nach seiner Waffe gegriffen.

Er schaute auf das Armband, das seine Vitalfunktionen anzeigte. »Kacke, fünf Sekunden«, murmelte er. »Das habe ich schon in drei geschafft.« Er kratzte sich am Kopf. »Ich werde alt.« Enttäuscht ließ er sich auf die Matte fallen und schlief sofort wieder ein.

Am Morgen, während die Kaffeemaschine röhrte, machte er fünfzig Liegestütze, die ersten zehn mit Händeklatschen. Kalte Dusche, starker Kaffee, dann verließ er die Wohnung. Seine Nachbarin hatte ihm die Tageszeitung vom Vortag auf den Abtreter gelegt. Er klemmte sie zwischen die Knie. Anschließend hangelte er sich mit den Armen an der Außenseite des Treppengeländers nach unten. Im Erdgeschoss hatte er sein Büro: *Leon Lorsch – Privatdetektiv.*

Er öffnete die Zeitung, drehte sie auf den Kopf und las auf diese Weise die Artikel, die ihn interessierten. Anschließend kontrollierte er auch seine Spesenabrechnungen und die letzten

Kassenzettel auf diese Weise, sogar Handschriften oder Handy-Nachrichten konnte er so lesen. Das hatte er in der Ausbildung gelernt. Während seiner aktiven Zeit nutzte er es erfolgreich für Beschattungen von Verdächtigen. Heute war es einfach nur ein bisschen Gehirntraining.

Seine Lektüre wurde von einem energischen Klopfen unterbrochen.

Vor der Tür stand ein zartes Persönchen mit faltigem Gesicht. Große blaue Augen schauten zu ihm auf. »Guten Morgen, Lift! Können Sie mir bitte nach oben helfen?« Das war keine Frage.

Leon schloss hinter sich ab. »Hallo, Milli!«

Er nahm sie hoch wie ein kleines Mädchen und sie legte ihre Arme um seinen Hals. Gleichzeitig griff er mit der anderen Hand nach der schweren Einkaufstüte. Lächelnd trug er beide nach oben. Sie duftete nach *Chanel Nr. 5*. Vor ihrer Wohnungstür setzte er sie ab.

»Es hat auch Vorteile, wenn man achtzig ist«, kicherte sie.

»Wollen Sie nicht endlich einen richtigen Fahrstuhl einbauen lassen?«

Sie zeigte auf ihn. »Ach, mein lieber Lift. Seit Sie bei mir gegenüber eingezogen sind, kann ich mir das sparen. Und denken Sie daran: Willst du einen starken Arm, halte deine Muskeln warm!« Sie zwinkerte ihm zu und verschwand.

Milli war mit einer Fülle von deftigen Lebensweisheiten ausgerüstet, die sie treffsicher in passenden oder unpassenden Momenten zu ihren Gesprächen beisteuerte. Leon grinste. *Es ist ja auch eine Art Muskeltraining. Außerdem hilft sie mir ebenfalls*, dachte er. Denn weil Milli schlecht schlafen konnte, klingelte sie fast jede Nacht zu unbestimmter Zeit bei ihm. Sie betätigte nur den Knopf und verschwand wieder. Das war so ausgemacht, damit er völlig überrascht reagieren musste. – Überlebenstraining.

Als er sich zur Treppe wandte, zuckte er zurück: Unten vor seiner Bürotür stand ein Mann. Leon musterte Figur und Haltung – kein Gegner, keine Waffe. Geräuschlos lief er hinunter, die letzten vier Stufen sprang er. Er landete direkt hinter dem Mann.

Der Kerl kreischte auf. »Oh, mein Gottchen, Herr Lorsch, Sie böser Bube! Müssen Sie mich so erschrecken?« Es war der Mitarbeiter von der Asylbehörde.

»Privat oder dienstlich?«, knurrte Leon. Er verzog keine Miene. *Alte Tunte*, dachte er. Dennoch öffnete er ihm überhöflich die Tür.

Als sie sich gesetzt hatten, signalisierte er mit einer Handbewegung, dass er sprechen sollte.

Der Mann nahm eine gezierte Haltung an. Mit den Fingern formte er vor seiner Brust ein Herz. »Nun ja, eigentlich ist es beides. Als Sie neulich, also gestern, bei der Befragung der jungen Syrerin dabei waren, ist Ihnen da nichts merkwürdig vorgekommen?«, schnarrte er schnell. Dann neigte er sich vor und starrte Leon mit aufgerissenen Augen an.

Der hatte sein Pokerface aufgesetzt und zuckte nur die Schultern.

»Also bei mir selbst ging im Gehirn ein Lämpchen an. Irgendwie kam mir der Name bekannt vor. Ich schickte ihn durch unser System und was soll ich sagen, es gab einen fast identischen Treffer. Nur handelt es sich dabei um einen männlichen Asylanten. Die Vornamen von beiden sind auffallend ähnlich. Und jetzt kommt es: Der Familienname ist sogar der gleiche.

Milani Nejem und Milam Nejem. Auch das Geburtsdatum stimmt überein.« Selbstgefällig lehnte er sich zurück. »Na? Klingelt's jetzt?«

»Zwillinge?«, schlug Leon vor.

»Klar, so weit war ich auch schon. Aber warum tanzen die nicht zusammen bei mir oder einem anderen Kollegen an?«

Leon schmunzelte innerlich. Er ahnte es, aber dem Blödmann würde er seinen Verdacht nicht verraten. Lässig verschränkte er die Arme. »Bestellen Sie die beiden doch einfach zusammen ein und kontrollieren die Pässe.«

Der Mann rutschte auf seinem Stuhl hin und her. »Und Ihnen fiel am Gehabe der Frau gestern nichts auf, gar nichts?« Er grinste böse. »Sonst erkennen Sie doch die geschicktesten Lügen. – Oder wollten Sie es in diesem Falle nicht?« Dann machte er eine eindeutige Geste, näherte sich Leon und versuchte, ihm etwas ins Ohr zu flüstern.

Der fuhr zurück, stand auf und zeigte auf die Tür. »Raus!« Solch ein direktes Angebot hatte er lange nicht bekommen.

Beleidigt stolzierte der andere aus dem Büro.

Leon verzog angewidert das Gesicht. Er war weder schwul noch korrupt, er war ein einsamer Wolf. Deshalb hatte er auch keine Familie. Das war seine eigene, ganz bewusste Entscheidung. Jegliche Art von Liebe wäre viel zu gefährlich gewesen – lebensgefährlich, nicht nur für ihn. Natürlich hatte auch er seine Bedürfnisse, aber die löste er für sich allein bei einem guten Pornofilm.

Unwissentlich hatte ihm der unangenehme Besucher aber ein wichtiges Detail für seine persönliche Observation verraten: Die Information über die Ähnlichkeit der Vornamen war wichtig. Er nahm ein Blatt Papier und einen Stift. Untereinander schrieb er *Milani* und *Milam.* »Wie schlau«, flüsterte er beeindruckt. In dem verdreckten Pass konnte man nicht genau erkennen, wie die Endung lautete und die Eintragung für das Geschlecht war total unleserlich. Leon freute sich schon auf sein Wiedersehen mit dem Lügner.

»Milam Nejem«, murmelte er leise vor sich hin. *Nejem* bedeutete *Stern.* Wieso kam ihm das Wort *Augensterne* in den Sinn? Dann ermahnte er sich: »Keine Gefühle! Gefühle lenken ab.« Doch für den Syrer empfand er etwas. Sein Herz holperte, wenn er an ihn dachte. »Was bedeutet das? Werde ich im Alter sentimental?«, fragte er sich. »Auf alle Fälle bin ich auf seiner Seite. Er könnte mein Enkel sein. Und wenn mein Enkel in Gefahr wäre, wünschte ich mir, dass jemand ihm helfen würde.« Er musste unbedingt mehr wissen. War der Junge ein Betrüger oder war er in Gefahr?

Bevor er sich an die Arbeit machte, sprintete Leon noch einmal zu Milli hoch. Mit ihr konnte er über alles reden. Sie war keine Plaudertasche, eher still. Als sie ihm die Tür öffnete, fuhr Leon zurück. Ihr Gesicht war mit einer weißen Paste bedeckt. »Igitt, ist das etwa ansteckend?«, rief er, dabei zwinkerte er ihr zu.

Milli zwinkerte zurück. Dadurch bröckelten angetrocknete Teile der weißen Masse auf den Teppich. »In meinem Alter heißt es *Vorsicht,* denn wenn die Morgenfalten bis zum Abend halten, gehörst du zu den Alten.« Sie ging zurück zu ihrem Ohrensessel und schaute fragend zu ihm auf, nachdem sie sich ächzend gesetzt hatte.

Leon berichtete ihr von dem jungen Syrer und seiner Vermutung, dass er ein doppeltes Spiel spielte.

Sie schnaufte nur und zuckte mit den Schultern, deshalb schilderte er ihr den Besuch des schwulen Mitarbeiters vom

Amt. Es war ihm unangenehm, denn Milli war schlau. Sie könnte Dinge vermuten, über die er sich selbst nicht im Klaren war.

Doch sie sagte ruhig:»Für jeden Hintern wächst eine Peitsche.«

Langsam hievte sie sich wieder hoch, trat an ihn heran und tätschelte seinen Unterarm. Dann legte sie den Kopf in den Nacken und beruhigte ihn:»Was stört es eine alte Eiche, wenn sich eine Wildsau daran reibt? Sie sind stärker als er, Sie sind größer als er und vor allen Dingen sind Sie schlauer als er.« Auffordernd wies sie zur Tür.»Helfen Sie dem jungen Ausländer!«

Leon nahm sie kurz in den Arm und küsste ihren grauen Scheitel.

***

Als er sich am nächsten Morgen auf den Weg machte, entdeckte er im Vorbeigehen eine von Millis hellblauen Botschaften am Türrahmen. Das Post-it hatte sie anscheinend nachts dort deponiert, bevor sie geklingelt hatte. Die Mitteilung lautete: *Freies Gästezimmer!*

»Manchmal ist meine alte Milli eine wirkliche Hellseherin«, musste Leon zugeben. Es schien, als ob sie bestimmte Dinge ahnte.

Dann machte er sich auf die Suche. Er musste den Syrer finden, um sich zu entscheiden. *Welches Ziel hat der junge Flüchtling überhaupt? Warum ist er nach Deutschland gekommen?*, sinnierte Leon. *Und weiß er überhaupt, wer er sein möchte? Welche Art Mann?*

Milli schien die zweifache Not des Jungen zu vermuten, aber das überraschte Leon nicht, schließlich konnte sie eins und eins zusammenzählen. Trotz ihres Alters war sie stets auf dem neuesten Stand der Nachrichten aus aller Welt über Politik, Wirtschaft und Gesellschaft. Ebenso interessierte sie sich für Klatsch und Tratsch. Leon grinste. Da sie schlecht zu Fuß war, besaß sie fünf Fernseher. In der großen geräumigen Wohnung brauchte man lange Wege, um von einem Zimmer ins andere zu gelangen. Deshalb stand in jedem Raum ein Apparat, sogar in der Toilette. Auf allen lief das gleiche Programm. Dadurch verpasste Milli kein Wort.

Leon hatte über die Website der Asylbehörde recherchiert, wo der Syrer untergebracht war. Er lebte mit einer Großfamilie in einer Doppelhaushälfte. Das war ein seltener Glücksfall für Asylanten. Er erinnerte sich, dass diese Geschichte es sogar in die Presse geschafft hatte, denn der Nachbar hatte versucht, über eine einstweilige Verfügung den Einzug der kinderreichen Familie zu verhindern. Aber das Gericht hatte entschieden, dass eine solche Unterbringung eine zulässige Wohnungsnutzung darstelle. – Wenn keine Überbelegung vorliegen sollte, wurde betont. Auch eventuelle Ruhestörungen könnten keine Untersagung der Unterbringung rechtfertigen, hatte es geheißen. Ärger war nicht zu erwarten, weil ein Vater und zwei Söhne auf der Flucht umgekommen waren. Es handelte sich um die drei Ehefrauen und deren Kinder. Einzig ein sehr alter, gebrechlicher und fast blinder Großvater gehörte dazu. Der war erst später mit seiner Enkelin nachgekommen; man hatte beide in der separaten Kellerwohnung untergebracht. Sonst gab es wirklich nur Mütter jeder Altersklasse und viele Minderjährige.

Das Haus lag in einem grünen Wohnviertel. Leon parkte nicht direkt vor der Tür. Das Gartentor war verschlossen. Auf sein Klingeln öffnete sich ein Fenster im Obergeschoss. Eine verschleierte Frau rief ihm zu: »Was los?«

»Bitte machen Sie die Tür auf. Ich möchte zu Milani und ihrem Großvater.« Er zeigte auf den Eingang zur Kellerwohnung.

Sie schüttelte den Kopf. »Mann nicht da. Nix da. Abend.«

Leon legte die Hände um den Mund. Auf Arabisch sagte er, dass er ein Freund sei, keine Polizei.

»Nix«, wies die Frau ihn ab. »Abend!«

Er nickte und winkte ihr, aber sie hatte das Fenster schon geschlossen und die Vorhänge zugezogen. *Die sind nicht auf Krawall gebürstet, die sind eher auf Gefahr gebürstet*, stellte er fest.

Als er im Dunkeln zurückkam, rührte sich auf sein Klingeln überhaupt nichts im Haus. Alles blieb finster. Leon warf einen Zettel in den Briefkasten – eine Nachricht für Milani. Er wollte sich am nächsten Tag mit ihr an einem nahe gelegenen Spielplatz treffen. Den hatte er beim Spazierengehen entdeckt, während er die Wartezeit bis zum Abend totgeschlagen hatte.

***

Als er morgens an dem Sandplatz ankam, hatte sich anscheinend die gesamte weibliche Verwandtschaft in schwarzen langen Gewändern um das Rondell verteilt. Kinder waren nicht dabei. Auch ein Großvater war nicht zu sehen. Leon setzte sich auf die einzige freie Bank. Unauffällig observierte er die Gegend. Vorsicht war geboten. Mögliche Verstecke konnte er nicht ausmachen.

Wie aus dem Nichts glitt plötzlich eine schlanke Gestalt im Nikab neben ihn.

»Bist du wirklich Milani?«, fragte Leon leise auf Arabisch.

Die Person unter dem Nikab nickte nur, sah ihn nicht an. Die Wimpern flatterten.

Er wartete auf ein Zeichen, aber der Junge saß nur stumm neben ihm und hatte die gleiche Haltung eingenommen wie auf dem Amt.

»Du weißt, wer ich bin!«, wechselte Leon ins Deutsche. »Wir haben uns bei deiner Befragung gesehen. Ich habe dich draußen beobachtet, deshalb weiß ich, dass du dich manchmal als Frau verkleidest.«

Der Junge zuckte zusammen. Stocksteif verharrte er.

Aha, er versteht also Deutsch. Flüsternd sprach er langsam und deutlich weiter, dabei hielt er die Hand vor den Mund, denn er wollte nicht, dass die anderen etwas mitbekamen. Vielleicht verstand noch jemand, was er sagte. »Ich bin kein Polizist. Ich möchte dir helfen. Wir müssen uns allein treffen.« Ein Nicken bestätigte ihm, dass er richtig vermutet hatte. »Weiß die ganze Familie Bescheid?« Leon deutete mit dem Kopf auf den Kreis der Begleiterinnen.

»Nur Sidi, großer Vater«, murmelte der Junge hinter dem Schleier.

»Hast du einen neuen Termin für das Amt bekommen?«

Milam neigte den Kopf und zeigte ihm das amtliche Schreiben.

»Okay«, sagte Leon. »Du musst keine Angst haben. Ich werde dich dort treffen. Aber ohne Verkleidung bitte. Danach können wir in Ruhe reden. Bist du bereit?«

Ein kurzes Nicken und der Junge war verschwunden.

Sofort erhoben sich die Frauen und verließen leise schnatternd den Spielplatz. Sie senkten die Blicke wie eine Schar Nonnen, aber im Vorbeigehen funkelten sie Leon aus den Augenwinkeln böse an.

Wieso spricht dieser Junge so gutes Deutsch?, überlegte er. Nejem, Nejem … Kannte er eine Familie Nejem? Wieder erinnerten ihn die Übersetzung des Wortes – *Stern* – und die dunklen Augen an etwas, das anscheinend tief in seinem Gehirn verborgen war. *Ich werde es schon herausfinden.*

Als er nach Hause kam, klebte an seiner Bürotür ein hellblauer Zettel. *Ich muss Ihnen etwas erzählen!*, hatte Milli geschrieben.

Sie wartete schon hinter der Tür. Bevor er klingeln konnte, machte sie ihm auf.

»Oh, meine liebe Milli, fast keine Falte zu sehen. Sie müssen mir unbedingt das Rezept Ihrer Maske verraten«, schmeichelte er grinsend.

Milli ging nicht darauf ein, zeigte nur auf den Fußboden. »Sie können sich ja die abgebröckelten Reste aufkehren. Damit würden Sie uns beiden etwas Gutes tun.« In der Hand hielt sie mehrere A4-Blätter. Es waren Computerausdrucke. »Kommen Sie rein!« Sie hielt ihm die Papiere entgegen. »Lesen Sie das!«

Es handelte sich um einen Artikel aus dem Internet: *Wenn im Hamam das Licht ausgeht: Homosexuelle werden in Syrien verfolgt. Unser Informant ist geflohen – um dann in Europa festzustellen: Er wird auch hier bedroht und muss tun, als sei er ein anderer.* Leons Miene wurde immer sorgenvoller, während er weiterlas. Milam steckte in einer ähnlichen Situation wie der Mann, der den Text verfasst hatte.

Als er zu Ende gelesen hatte, bedankte er sich bei Milli und nickte ihr ernst zu.

»Seien Sie vorsichtig. Beide!«, betonte sie. »Oder soll ich Sie vielleicht begleiten? Sie wissen ja, wird die Frau erst grau, ist sie doppelt schlau.«

Leon drückte ihr sanft die Schultern und zog die Tür hinter sich zu.

***

Zum vereinbarten Termin traf Leon den jungen Syrer vor der Asylbehörde. Er kam als *Milam*, wie sie es vereinbart hatten, doch er fühlte sich sichtlich unwohl, schaute sich ständig ängstlich um.

»Lass mich reden!«, forderte Leon. »So verrätst du nicht, dass du Deutsch sprechen und verstehen kannst.«

Diesmal setzte sich Leon nicht in den Schatten, um zu beobachten. Er nahm neben Milam vor dem Schreibtisch Platz. Dem Kollegen vom Amt erzählte er, dass der junge Syrer zugegeben hätte, den Pass seiner ertrunkenen Schwester zu benutzen. Wie vermutet, war es wirklich seine Zwillingsschwester. Sein eigener Pass war ihm bei einem Verhör in Syrien abgenommen worden, weil er schwul war und Fluchtgefahr bestand. Er hatte sich verkleidet, weil er glaubte, dass die Behörde am Foto erkennen würde, dass der Pass einer Frau gehörte, obwohl ihre Gesichter wie ein Ei dem anderen glichen und beide wesentlich jünger wirkten. Bei der medizinischen Erstuntersuchung musste er zwar als Mann auftreten, aber es war nicht aufgefallen, dass es nicht sein Dokument war. Die Mediziner waren total überlastet. Zwischendurch übersetzte Leon seine Aussagen für den Jungen ins Arabische, um den Schein zu wahren, und der bestätigte mit einem Kopfnicken.

Der Beamte hinter dem Schreibtisch schüttelte ungläubig den Kopf. »Und dieses Lügentheater glauben Sie dem Kerl, Herr Lorsch?«

»Nun ja«, gab Leon zu, »es klingt einigermaßen verrückt. Aber welchen Repressalien Schwule in seiner Heimat ausgesetzt sind, was auf diesen Fluchtrouten passiert und welche Ängste so junge Leute ausstehen, kann man als Normalbürger kaum nachvollziehen. Ich glaube ihm jedenfalls.«

»Gut, gut, dann muss ich allerdings seine Zwillingsschwester löschen. Kann denn wenigstens jemand bestätigen, dass sie wirklich tot ist?«

Milam verstand natürlich und wurde kreidebleich, aber er verriet sich nicht.

Leon informierte den Beamten, dass er noch diesen Abend mit Milam und seinem Großvater darüber sprechen würde. Die Ergebnisse bezüglich der Schwester und ihres Todes wollte er sofort dem Amt mitteilen.

»Der junge Mann kann aber nicht mehr in dieser fast reinen Frauenunterkunft bleiben. Er muss natürlich in eine Männerunterkunft. Da gehört er ja hin, oder?« Der Beamte grinste.

Milam rutschte aufgeregt hin und her, doch Leon legte ihm beruhigend die Hand auf die Schulter. »Erst mal nehme ich ihn mit zu mir, ich meine, zu meiner Vermieterin. Die hat sowieso viel zu viele leer stehende Zimmer. Unsere Adresse kennen Sie ja.«

Als der Beamte die Hand erhob, schob Leon den Jungen zur Tür. »So ein hübsches Kerlchen in einer Gruppe von Männern, die alle unter Druck stehen – das wäre doch viel zu gefährlich, wie Sie ja selbst wissen«, sagte er mit einem anzüglichen Grinsen. »Ich bürge für ihn, bis wir eine endgültige Lösung gefunden haben. Schreiben Sie das in Ihre Unterlagen!« Das klang tough, doch innerlich krümmte sich Leon. Seine Haltung gegenüber Schwulen geriet ins Wanken. *Belüge ich mich selbst?*, fragte er sich.

Milam jedoch schaute bewundernd zu Leon auf. Ohne Fragen zu stellen, folgte er ihm zum Auto.

Als Milli ihnen die Tür öffnete, wich Milam einen Schritt zurück.

»Da seid ihr ja endlich«, wurden sie begrüßt. »Schon zwei Stunden halte ich das Wasser heiß.«

Sie ließ Milam erst einmal in Ruhe. Der Tisch war gedeckt. – Obst und Süßigkeiten. Einladend zeigte sie auf die Stühle.

Umständlich kümmerte sie sich um die Getränke. Hilfe lehnte sie ab, behielt aber beide im Blick. »Kaffee für uns, schwarzen Tee für unseren jungen Gast?«

Leon und Milam nickten gleichzeitig. Sie nahm es zur Kenntnis. Wie leicht sich doch jemand verraten konnte.

Die Augen des Jungen wanderten aufmerksam im Raum umher. Besonders interessant fand er eine gläserne Vitrine mit verschiedenen militärischen Erinnerungsstücken. Er reckte den Hals.

»Du darfst es dir gerne aus der Nähe ansehen. Der Schlüssel steckt.«

Milam schaute Leon fragend an.

»Schon gut, sie hat längst gemerkt, dass du Deutsch verstehst.«

Er wusste, was in der Vitrine lag. Das wertvollste Stück war ein Marinedolch aus dem Ersten Weltkrieg. Die etwa zwölf Zentimeter lange Klinge war gepflegt und wirkte scharf. Der Griff war aus Elfenbein. An seinem oberen Ende konnte man die Kaiserkrone sowie einige maritime Symbole sehen. Außerdem gab es viele verschiedene Orden und alte Münzen. Schräg dahinter lag ein Brieföffner mit langer schmaler Spitze, einem Rapier nachempfunden und mit einer Gravur von 1902 versehen.

»Mein Großvater war ein großer Kriegsheld, obwohl nur von mittlerer Statur.« Milli hatte sich neben Milam geschoben.

Der sah beeindruckt aus. Seine Augen leuchteten. »Hat er viele Feinde getötet?«, fragte er leise.

Milli reckte sich. »Das nehme ich doch stark an. Früher wurde noch richtig gekämpft. Wer verlor, musste sich ergeben oder sterben. So war das eben im Krieg.« Sie schnaufte empört. »Heutzutage werden Gegner, die am Boden liegen, noch zusammengeschlagen oder sogar totgetreten. Und das im Frieden. Alles ehrlose Chaoten! Auch die anderen miesen Feiglinge, die anonym das Internet für ihre Beleidigungen nutzen.« Sie schlurfte zum Tisch zurück und setzte sich in ihren Lehnsessel. »Doch jetzt wollen wir uns erst einmal stärken. Und dann bin ich gespannt, was du uns zu erzählen hast«, wandte sie sich an Milam.

Der wollte erschrocken aufspringen, doch Leon drückte ihn zurück. »Sie weiß über alles Bescheid. Sie will uns helfen.«

»Wirklich alles? Ich meine … auch das … eben das andere?«

Leon nickte.

»Aber sie ist eine alte Frau. Eine Frau?« Die Frage klang verzweifelt.

Milli lächelte still. Dann sagte sie: »Ich hatte vier Brüder. Einer davon war wie du.« Sie holte tief Luft und sprach in ihren Schoß, als schäme sie sich. »Sie haben ihn dafür verprügelt. Zusammen mit meinem Vater. Er hat sich ertränkt.«

Milam zuckte zusammen. »Auch mich wollten sie ertränken.« Tränen traten in seine Augen.

Sie fragte nicht nach. »Es ist immer ein schwerer Entschluss, seine Heimat zu verlassen. Fang einfach ganz am Anfang an.«

Und dann erzählte Milam: Als sie Kinder waren, hatte er sich gerne die Kleider seiner Zwillingsschwester angezogen. Wenn sein Vater es bemerkte, wurde er hart bestraft, später sogar geschlagen. Er war ein kleiner Junge, sie hatten ihm nicht erklärt, warum er bestraft wurde. Seine Schwester trug doch dieselben Sachen und wurde nicht verhauen. Seine Mutter konnte er nicht fragen, die war bei der Geburt der Zwillinge gestorben. In der Schule wurde er schlau und lernte, sich zu verstellen. Als sein Vater von der Geheimpolizei abgeholt wurde, musste er zusehen, wie sie ihn brutal zusammenschlugen. Sein Vater wehrte sich, verpasste einem von ihnen eine blutige Nase. Dessen Gesicht hat der Junge nie vergessen. Auch seine Drohung nicht, denn er hatte sich noch einmal umgedreht und den Finger erst auf die Lippen gelegt und dann mit der Handkante über seine Kehle gestrichen. Die Geste war eindeutig. Der Vater war nie wieder aufgetaucht, galt als vermisst. Die syrischen Behörden behaupteten, er sei ein Spion und wäre wahrscheinlich geflohen. So war Großvater Nejem ihr Familienoberhaupt geworden.

Milli schenkte Tee nach. Mit einer kleinen Geste forderte sie Milam auf, sich Zeit zu lassen.

Als seine Altersgenossen begannen, über Frauen zu tuscheln, hielt er sich zurück. Er konnte ihre Wünsche und Fantasien nicht nachempfinden. Das machte ihn anfangs traurig. Bis er begriff, dass er anders war. Er fühlte sich zu Männern hingezogen. Aber das durfte er nicht offen zeigen. Es war strengstens verboten. Milam litt unsagbar unter der ständigen Verstellung und seinen Lügen. Nur seine Schwester wusste Bescheid. Wie die meisten Zwillinge hatten sie ein sehr inniges Verhältnis. Außerdem schien der Großvater zu ahnen, was mit ihm los war. Überraschenderweise bot der ihm eine Lösung an. »Du solltest sehr jung heiraten, Enkelsohn«, hatte er empfohlen. Es war mehr ein Befehl.

Nach und nach entdeckte Milam, dass es eine geheime Szene von schwulen Männern gab. Sie trafen sich meistens in einem der Hamams. Es war sehr gefährlich, aber er fühlte sich endlich nicht mehr allein. Jeder neue Besucher wurde getestet, denn es gab Spitzel der Geheimpolizei. Trotzdem war er einmal aufgeflogen. In einem Park, wo sich Schwule trafen, hatte er mit einem Fremden ein ganz bestimmtes Lächeln getauscht, das als Erkennungszeichen diente. Die Spitzel schleppten ihn auf eine Baustelle und fesselten seine Hände auf dem Rücken. Scharfkantige Plastikbänder schnitten blutende Striemen in seine Gelenke. – Milam zeigte Leon und Milli die Narben. – Dann hatten sie ihm einen leeren Kalk-Sack über den Kopf gezogen und ihn auf das oberste Gerüst geschleift. Er wäre fast erstickt und musste wegen des scharfen Staubs ständig husten. Trotzdem hörte er sie flüstern, dass sie ihn töten wollten, weil er ein Sünder sei. In dem Moment waren Wachmänner aufgetaucht, die das Baumaterial vor Dieben schützen sollten. Denen hatte er sein Leben zu verdanken.

Milam zitterte und schwitzte, während er sich erinnerte. Der Schweiß lief ihm in die Augen.

Milli reichte ihm eine Schachtel Kleenex. »Wir machen mal eine kleine Pause«, schlug sie vor. Sie hatte bemerkt, wie schwer es ihm fiel, schon diese wenigen Details preiszugeben.

Langsam schlurfte sie zum Fenster und öffnete einen der breiten Flügel. »Komm her, mein Junge! Hol dreimal tief Luft, dann wird es schon wieder gehen!«

Milam nickte ihr dankbar zu, trat neben sie und reckte sich. Doch wie vom Blitz getroffen, zuckte er zurück und warf sich auf die Knie.

Sofort war Leon neben ihm. Fragend schaute er ihn an.

Der Junge zitterte. »Ich werde sterben.«

»Milli, beobachtet da draußen jemand dein Fenster?«, zischte Leon. Sie zupfte an ihren Topfpflanzen herum. Ohne sich umzudrehen, flüsterte sie: »Mann, circa eins fünfundsiebzig, Migrant, kurze gebrochene Nase.«

»Meinst du den?«, fragte Leon.

Milam nickte. Er war leichenblass. Auf allen vieren kroch er zurück und kauerte sich unter dem Tisch zusammen.

Milli schloss das Fenster und zog die Gardinen zu.

»Bleib auf dem Teppich sitzen!«, befahl Leon. Er lief zur Wohnungstür und legte den Sperrriegel vor. »Woher kennst du den Kerl? Warum hast du mir nicht erzählt, dass du bespitzelt wirst?«, herrschte er Milam wütend an. »Ist der kurznasige Typ einer von euren eigenen Leuten?«

Milli versuchte zu beschwichtigen: »Na, so gefährlich wird der schon nicht sein. Wie die Nase des Mannes, so sein Johan… äh, sein Ego.« Sie grinste frech. »Solche Kerle müssen immer den starken Bösewicht markieren. Hier kann er dem Jungchen sowieso nichts tun.«

Milam hatte sich etwas beruhigt. Er zog die Knie an die Brust und sprach leise weiter: Der Großvater hatte einen Entschluss gefasst. Seine Enkelkinder, besonders Milam, waren in Syrien nicht mehr sicher. Der alte Mann wollte dem Jungen ein ähnliches Schicksal wie dessen Vater ersparen. Er ahnte, dass sein verschollener Sohn tot war. Er musste in große Schwierigkeiten geraten sein. Nach einem Studium in Deutschland hatte er als Ingenieur auf den Ölfeldern gearbeitet. Aufgrund seiner Sprachkenntnisse konnte er zusätzlich Geld verdienen, denn die Zwillinge kosteten doppelt. Er dolmetschte für deutsche Firmen, die mit Syrien Handelsabkommen geschlossen hatten.

Da wurde Leon klar, woran ihn der Name *Nejem* und die schönen dunklen Augen des Jungen erinnerten: Während einer seiner geheimen Missionen hatte er einen syrischen Kontaktmann. Der Ingenieur hatte ihm stolz das Foto seiner Kinder gezeigt – Zwillinge. *Meine Augensterne* hatte er sie genannt. Die Kinder sollten die deutsche Sprache erlernen und wenn sie größer waren, wollte er mit ihnen nach Europa gehen. Dass seine Frau tot war, hatte er nicht erzählt.

Milams Großvater bereitete nach dem Tod des Vaters die Flucht vor. Er wollte die Zwillinge beschützen. Das Geld reichte gerade mal für die Flucht der beiden Jugendlichen und ihn selbst. Er hatte gehört, dass Homosexuelle in Europa nicht bestraft würden. Deutschland war sein Ziel, da die Enkel die Sprache gut beherrschten und deshalb Asyl erhalten würden. Außerdem fand er heraus, dass man für den doppelten Preis eine sichere Route von Nordafrika direkt nach Italien bekommen konnte. Die Strapazen wären dann für ihn weniger groß. Mit dem Flieger ginge es ganz offiziell zu einem Verwandtenbesuch nach Alexandria, dann zu einem Badeurlaub ans Mittelmeer, in die berühmte *Cleopatra-Beach-Region* nahe der Grenze zu Libyen. Von dort aus würden Schleuser sie übernehmen. Deshalb borgte er sich von Bekannten das fehlende Geld und versprach ihnen dafür finanzielle Unterstützung aus Deutschland.

Für die Überfahrt wurden Männer und Frauen getrennt auf zwei große Schlauchboote verteilt. Die lagen von Anfang an sehr tief im Wasser, weil sie überladen waren. Je einer der Schleuser saß am Steuer des Außenbordmotors. Hinter dem Männerboot schlingerte eine kleine Motorjacht. Sie wurde als Rettungsboot deklariert, falls jemand bei Sturm ins Meer fallen sollte. Außerdem war sie mit großen Reservetanks vollgepackt, was die Flüchtlinge beruhigte.

Milam begann beim Weitererzählen zu zittern. »Ich hatte trotzdem Angst. Großvater saß eingequetscht am anderen Ende, aber keiner durfte sich von seinem Platz rühren, damit wir nicht kenterten.« Er holte tief Luft. »Ich hatte von Beginn an das Gefühl, von einem der Männer beobachtet zu werden. Er hatte eine gebrochene Nase und ich wusste sofort, wer er war. Großvater musste ihn ebenfalls bemerkt haben, er sah mich beschwörend an. Ich senkte den Kopf und machte mich ganz klein.« Milam deutete auf Millis Fenster und nickte bestätigend.

Er glaubte also, den Mann, der seinen Vater entführt hatte, vor dem Haus gesehen zu haben. Leon wurde nervös und bedeutete ihm, schneller zu sprechen. Es war wichtig, zu erfahren, wie es weitergegangen war.

Während der Nacht verlor das Schlauchboot der Männer immer mehr Luft. Plötzlich zog der Steuermann das Ersatzboot heran. Er tat so, als ob er Benzin nachfüllen müsste, doch dann sprang er hinüber und löste die Verbindungsschnur. Währenddessen war sein Kollege vom Frauenboot ins Wasser gesprungen und schwamm zu ihm. Beide warfen die Kanister, die sich als leer herausstellten, ins Wasser. Dann starteten sie den Motor und verschwanden Richtung afrikanische Küste. Auf beiden Booten brach Panik aus. Die Flüchtlinge merkten, dass sie betrogen worden waren. Die Frauen weinten und kreischten laut um Hilfe. Das Boot der Männer sank bedrohlich tief ins Wasser. Plötzlich schrie der Kerl, der Milam die ganze Zeit angestarrt hatte, dass einige über Bord gehen müssten und zu den Frauen schwimmen sollten. Alle verstanden die Drohung. Keiner machte Anstalten, seiner Aufforderung zu folgen. Da zeigte er mit ausgestrecktem Arm auf Milam – er hatte ihn also auch erkannt – und schrie: »Der da ist sowieso nicht wert zu leben! Er ist schwul!« Die Männer neben Milam versuchten angeekelt, von ihm wegzurutschen, es war aber viel zu eng. »Und außerdem ist er der Sohn eines Verräters!« Die beiden sahen sich an und warfen Milam einfach aus dem Boot. Keiner von den anderen versuchte, ihm zu helfen. Auch sein Großvater nicht. Er hörte seine Schwester schreien. Sie hatte die Szene vom Boot der Frauen aus verfolgt und machte ihm Zeichen zurückzuschauen. Hilflos musste er mitansehen, wie auch sein Großvater über Bord gestoßen wurde. »Der Alte dort wird die Reise sowieso nicht überstehen«, hatte der Kurznasige gebrüllt. Da ließ sich auch Milani ins Wasser gleiten. Sie hielt sich am Boot fest und streckte die Hand nach ihm aus, er sollte zu ihr schwimmen. Doch die langen schweren Kleider und der Rucksack mit den Wechselsachen wurden ihr zum Verhängnis: Alles sog sich blitzschnell voll Wasser und war schwer wie Blei. Sie rutschte ab und die anderen Frauen konnten sie nicht halten. Milam versuchte, zu ihr zu schwimmen, doch es war zu weit, sie kam nicht voran. Plötzlich traf sie auch noch einer der umhertreibenden Kanister am Kopf. Mit letzter Kraft schaffte er es, sie zu greifen und sich mit einer Hand an dem Kanister festzuklammern. Unter ihrem nassen Kopftuch floss Blut über die Stirn. »Lass mich los, sonst schaffen wir es beide nicht. Rette dich!«, flüsterte sie. Milam schaute sich verzweifelt um. Sein Großvater hielt sich auch an einem Kanister fest, aber er war viel zu weit weg, um ihm helfen zu können.

Der Junge weinte inzwischen beim Erzählen. Nur mit vielen Unterbrechungen konnte er weiterberichten.

Er klammerte sich an den Behälter und versuchte gleichzeitig, seine Schwester über Wasser zu halten. Doch seine Kräfte schwanden. In letzter Sekunde – Milam konnte sich nicht erinnern, wie er so lange durchgehalten hatte – wurden beide von der sizilianischen Küstenwache gerettet. Kurze Zeit später hatten die Männer auch den halb bewusstlosen Großvater an Bord hieven können.

Nachts war seine Schwester in seinen Armen gestorben. Vorher hatte sie ihm ins Ohr gewispert, wie er sich vor weiterer Verfolgung retten könnte. Es war eine Möglichkeit, sich unerkannt an dem Mörder zu rächen. Allein deshalb folgte er ihrem Rat, zog ihre Ersatzkleider an und nahm ihren Pass. Er küsste sie und weinend ließ er sie über die Reling gleiten. Sie sank sofort wie ein Stein. Doch er brachte es nicht übers Herz, seine Schwester auf diese Weise zu verlieren und sprang ihr schreiend nach. Dadurch war einer von der Bootsbesatzung aufmerksam geworden und hatte einen Rettungsring geworfen. Er war hinterhergehechtet und hatte das vermeintliche Mädchen gerettet.

Milam wischte sich die Tränen ab. »Die Sizilianer haben geglaubt, *ich* sei ertrunken, aber der Mörder hat mich dennoch gefunden«, schniefte er leise. »Jetzt werde ich für meine Sünden und Lügen bestraft.«

Leon umarmte ihn. Er vermutete, wer der Kerl war, der Milam aus dem Boot hatte werfen lassen: ein syrischer Maulwurf, der inzwischen, als Flüchtling getarnt, nach Deutschland eingeschleust worden war. *Der muss den Jungen trotz dessen Verkleidungstaktik hier entdeckt haben,* dachte er. *Mordversuch auf dem Flüchtlingsboot, vor Zeugen.* Milam war in Lebensgefahr! Der Kurznasige würde alles daransetzen, seine Tat zu vertuschen und Milam zum Schweigen zu bringen.

»Weißt du, wo der Mann wohnt?«, fragte er Milam, erntete jedoch nur ein hilfloses Kopfschütteln.

»Milli, der Junge bleibt hier. Legen Sie alle Riegel vor und öffnen Sie niemandem die Tür, bevor Sie mein Klopfzeichen hören!«

Erst spät am Abend kam Leon zurück. Niedergeschlagen schlich er die Treppe nach oben. Er hatte alles versucht, den kurznasigen Kerl zu finden. Leider war er an bürokratischen Hürden und dem Schweigen der Migranten gescheitert.

Mit gesenktem Kopf blieb er vor seiner Wohnung stehen. Er wollte erst noch einen ehemaligen Vorgesetzten um Rat und Hilfe bitten, bevor er zu Milli und dem Jungen ging, überlegte es sich dann aber doch anders. Er drehte sich um und richtete sich auf, um an die gegenüberliegende Tür zu klopfen, aber zu

109

seinem Entsetzen bemerkte er nun, dass diese nur angelehnt war. Er nahm den Taschenspiegel, den er für solche Fälle immer bei sich trug, und hielt ihn vor die Tür. Vorsichtig und langsam öffnete er sie mit der Ferse etwas mehr. Links war nichts zu sehen. Also stellte er sich neben die Tür und schob sie noch weiter auf. Mit geübtem Blick erfasste er sofort die Situation: Milli lag direkt hinter der Tür. Sie war blutüberströmt, ihre Kehle durchschnitten. Milam kniete neben der Vitrine und hatte den blutigen Marinedolch in der Hand. Sein Kopf war auf die Brust gesunken. Auf den ersten Blick schien er nicht verletzt, aber seine toten Augen starrten zu Boden. Leon stieg über Millis Leiche hinweg, ging zu Milam und nahm ihm die Waffe aus der Hand. Dann wischte er den Dolch sorgfältig sauber, hockte sich neben Milli und drückte ihre Finger um den Elfenbeingriff. »Verzeiht mir«, flüsterte er.

Tödliches Patent

Vorgelesen von Luise

»Wollen wir mal über den Tod reden?«, fragt die ältere Frau.
»Über den Tod? Wir haben es doch eben so schön lebendig
miteinander getrieben. Warum also? Und überhaupt! Müsst ihr
danach immer reden? Es hat geklappt, das reicht. Ich muss jetzt
ein bisschen schlafen.«

Müsst ›ihr‹ danach hätte er nicht sagen dürfen. Sie schnieft
beleidigt und wendet sich von ihm ab, die steife Rückfront
spricht Bände. – Doch er schnarcht schon.

Bereits letzte Woche hatte sie zu grübeln begonnen. Bevor
er es *so schön lebendig treiben* wollte. Sie hasste diesen Ausdruck, fand vor Frust aber nur eine ordinäre Ablehnung, was
ihn noch mehr anturnte. Mit geschlossenen Augen hatte er seine Hand zu ihr auf Wanderschaft geschickt und sich dabei über
seinen Lieblingstod ausgelassen. Er hatte gelächelt dabei,
eigentlich genüsslich gegrinst. Auf einer Frau liegend, bei der
schönsten Sache der Welt sollte es ihn schlagartig hinwegraf-
fen. So wollte er sterben. Dass er sie angesichts seiner 153 Kilo
ebenfalls in den Tod schicken konnte, war ihm anscheinend
egal. Und *auf einer Frau liegend* hätte er auch nicht sagen sollen, das klang nach irgendeiner. Sie hätte es besser gefunden,
wenn er *auf dir* gesagt hätte. Obwohl … *besser* … eher *weniger mies.* Und dann die Aussicht auf einen für ihn freudigen
und für sie elenden Tod unter seinen Fettmassen? Ihr war die
Lust jedenfalls vergangen und sie hatte seine Hand fortge-
schlagen. »Oh nein, was ist denn? Du warst doch schon schön

111

in Fahrt«, hatte er gejammert. »Das geht mir immer so, wenn ich einen Lachanfall wegdrücken muss«, war ihre Antwort. Er hatte die Anspielung natürlich nicht begriffen. Mit Faltenstirn und törichtem Ausdruck im Gesicht hatte er sie angestarrt.

Ist dieser Mann mein Los für den Rest meines Lebens? Kein angenehmer Gedanke, muss sie zugeben, aber der nächste würde auch nicht perfekt sein. Nur anders. *Ich habe es dreimal umsonst versucht. Habe ich zu früh aufgegeben?* Alle Frauen suchen ja angeblich nach dem idealen Mann, aber keine hat ihn bisher gefunden. Welche berühmte Schauspielerin hatte das neulich gesagt? *War es bei ihr nicht ähnlich?*

Sie denkt zurück. Als sie nach Deutschland kam, war sie blutjung. Sie war stämmig, hatte ein freundliches Gesicht und ein fröhliches Wesen. Beim Ersten hatte sie geputzt, gekocht und er hatte ihr Deutsch perfektioniert, dann aber eine andere geheiratet. Beim Zweiten hatte sie geputzt, gekocht und nebenbei in der Volkshochschule ihr Abitur gemacht. Dann hatte er seine Ex-Frau erneut geheiratet. Beim Dritten war sie schlauer: Der war alt und pflegebedürftig. Sie hatte eine Ausbildung zur Krankenschwester gemacht und nebenbei gekocht, geputzt und ihn betreut. Dann war er gestorben.

Und im Alter falle ich jetzt auf den Fettsack rein.

Sie rutscht von ihm weg bis zur Bettkante.

Blöde Kuh, denkt der Alte nach einem heftigen Schnarcher, der ihn wieder weckt. *Warum kapieren Frauen nicht, dass wir verschieden gestrickt sind? Auch die hier kann in emotionalen Situationen einfach nicht zielgerichtet weitermachen, bis es geschafft ist. Anscheinend ein genetischer Defekt.* Er lässt die Augen geschlossen, kann aber nicht wieder einschlafen. Das Wort *Tod* hat ihn unruhig gemacht. Warum will sie gerade jetzt darüber reden? In der wohligen Phase nach dem gelungenen Akt, der ihn viel Anstrengung gekostet hat. Er trommelt mit den Fingern auf das Bettlaken und sieht zu ihr rüber. Ihre nackte Rückfront signalisiert Abwehr und Ablehnung. Ernüchtert kratzt er sich die behaarte Brust. Seine Gedanken wandern sechs Jahre zurück:

***

Heute ist er da, der furchtbarste Tag meines Lebens. Ich bin gerade zum allerletzten Mal durch die Tür in dem großen Metalltor getreten. Vor der Brust trage ich den Pappkarton mit persönlichem Kleinkram. Ich bleibe stehen, warte auf das Geräusch. Die Sicherheitsbolzen klacken wie immer beim Einrasten. Ich bin draußen. Ich bin Rentner. Ich will sterben.

Langsam mache ich mich auf den Heimweg. Schaue auf meine Füße, setze einen vor den anderen. Das Licht der Straßenlaternen spiegelt sich auf den Kappen meiner Schuhe. Die müssen jetzt nicht mehr jeden Tag glänzen. Morgen früh ist alles zu Ende, das fühle ich.

Über meiner Haustür empfängt mich ein Transparent. Grellbunte Buchstaben: *MIT 66 JAHREN, DA FÄNGT DAS LEBEN AN!* Ich senke den Kopf und versuche, mit dem Ellbogen die Klinke runterzudrücken. Im selben Moment wird die Tür von innen aufgerissen. *Herzlichen Glückwunsch, Opa*, schreit die aufgereihte Familie. Oh, nein. Das soll Glück sein? Aber ich sage nichts.

Mein Ältester, Ben, tritt vor und will mir einen Stapel Briefe überreichen. Der Karton stört. Er versucht es erst rechts, dann links herum. Bens Frau nimmt ihm das sperrige Ding ab. Sie zeigt ihr Pferdegebiss und ihren dritten Babybauch. *Wir haben eine Überraschung vorbereitet*, kreischt sie. *Damit dir der Abschied nicht so schwerfällt. Und damit du eine Beschäftigung hast, Vati.*

Ich bin nicht dein verdammter Vati, denke ich. Es gelingt mir aber, einen Mundwinkel zu heben.

Als er die Briefe übergibt, schaut mich mein Sohn unsicher an. *Na ja, Lolli hatte die Idee*, murmelt er. Lolita, meine Schwiegertochter. War klar. Dennoch macht er eine ungelenke Kopfbewegung Richtung Pferdegebiss. *Lolli* ist fast so schlimm wie *Muschi* als Bezeichnung für eine Ehefrau. Der Junge kommt nicht nach mir. Oder sie hat ihm eine Gehirnwäsche verpasst.

Ich fächere die Umschläge auf.

Mach sie auf. Sind alle von neuen Omis, verrät mein Enkel Lars. Er ist fünf und schikaniert schon die ganze Familie.

Ich werde sie morgen lesen.

Oooooch, stöhnt der Familienchor.

Freust du dich nicht?, fragt Lissi, Lars' seine kleine Schwester. Sie hat die Lippen vorgeschoben und die Augen aufgerissen.

Doch, beruhige ich sie. *Der Tag war anstrengend. Und jetzt alle raus.*

Sie schlängeln sich im Gänsemarsch an mir vorbei und klettern in ihre Autos, die sie unauffällig auf der anderen Straßenseite geparkt haben. – Damit die Überraschung gelingt. Ich grinse mühsam. Ben und Lolli verschwinden mit den beiden Kleinen im Nebeneingang. – Wir haben ein hellhöriges Doppelhaus. Das hat aber wenig gestört. Bisher jedenfalls. Die meiste Zeit war ich ja im Gefängnis. Alles schön geregelt und ruhig. Nur, wenn einige der Jungs mal ihren Rappel austoben mussten, wurde eingegriffen. Schlimme Randalierer bekamen Einzelhaft im Bunker. Danach waren sie wieder lammfromm und friedlich. Wenn ich vom Dienst kam, waren Bens Kinder meistens schon im Bett. Nur an den Wochenenden gab es regelmäßig lauten Zoff. Wegen Lars, diesem kleinen Mistkerl. Letzten Sonntagmorgen musste ich wieder lange an die Zwischenwand hämmern, bis drüben Ruhe einkehrte.

Lolita und Ben schlafen gerne bis zum Vormittag. Aber Lars und Lilli wollen schon sehr früh ins elterliche Bett zu Besuch kommen. Sie werden dann kurzerhand ins Bad verfrachtet. Sollen beweisen, dass sie sich schon selbstständig zurechtmachen können: Waschen, Zähneputzen, Einkremen, Kämmen, Anziehen. Der Schlüssel wird von außen umgedreht und sie dürfen erst klopfen, wenn sie fertig sind. Mein Junge kommt nicht nach mir. Gar nicht.

Einmal hatte Larsi die Idee, wie sie schneller fertig werden und so eher ins elterliche Bett gelangen konnten: Er stellte seine Schwester vor die geöffnete Toilette und sagte ihr, dass das jetzt ihr Waschbecken sei. Dann hätte jeder eins und sie müssten sich nicht abwechseln. Als Erstes flutschte der Waschlappen ins Klo. Daraufhin wollte Lilli baden und kletterte rein, wobei sie prompt stecken blieb. Lars zerrte an ihr, bekam sie aber so glitschig nicht raus. Dann ging das Geschrei los. Da man auf einmal die ganze Familie brüllen hörte, schien es ernst zu sein. Als ich rüberkam, konnte ich das Schlimmste gerade noch verhindern, denn der kleine Idiot betätigte immer wieder die Spülung. Seine Mutter kreischte und mein Sohn hat sich übergeben.

Ben kommt nicht nach mir. Nie im Leben.

Neben ihm regt sich etwas. Die Frau spiralt sich langsam auf den Rücken. Sie stiert wieder an die Decke hoch. »Deine Annonce damals hörte sich anders an. Sie stand unter der Rubrik *Heiraten, männlich.*«

»War Lolitas Idee«, knurrt er.

»Warum hast du eigentlich auf meinen Antwortbrief reagiert?«

Er schnauft nachdenklich. *Mit dieser Frau wird alles leichter,* hatte er geglaubt. *Die ist nicht mehr die Jüngste, hat Erfahrung mit diversen Typen. Solange man geistig und körperlich fit bleibt, ist mit der alles möglich.* »Du warst die Einzige«, gibt er zu, »die klare Ansagen gemacht hat. Du wolltest nicht mehr allein sein, konntest putzen und kochen und hattest nichts gegen, äh, Körperkontakt. Aussehen war dir nicht wichtig. Na ja, du bist ja selbst keine Schönheit.«

Sie drückt sich hoch, greift nach ihrem Nachthemd und zieht es im Sitzen über. Langsam schlurft sie hinaus Richtung Badezimmer. Ohne sich umzudrehen, zeigt sie ihm den Stinkefinger.

Blödmann, beschimpft er sich selbst. *Hätte ich bloß meine Klappe gehalten.* Er grübelt. Wie war das damals wirklich gewesen?

Er hatte sich zwei Flaschen Bier gegönnt, dann hatte er den Stapel Zuschriften im Dunkeln zur Papiertonne getragen. Doch am nächsten Morgen hatte er sie wieder herausgeholt und alle aufmerksam gelesen. Aber nur eine Einzige hatte sein Interesse geweckt: eine ehemalige Krankenschwester. Kurz und knapp hatte die Frau geschrieben, dass sie nicht mehr allein sein wollte und auch nichts gegen körperliche Zuneigung hätte. Alles bei getrennter Kasse. *Warum nicht*, hatte er gedacht. Er fühlte sich auch schon lange einsam.

Gleich bei ihrem ersten Treffen hatte er vor ihr mit seinem Patent angegeben. Es lag fertig in der Schublade beziehungsweise stand in Originalgröße im Keller. Aber er fühlte sich dem umfangreichen Papierkram nicht gewachsen, der für eine Anmeldung beim Patentamt nötig war. Auch das hatte er offen zugegeben.

»Zeig mal«, hatte sie nur gesagt und war gleich an diesem Abend mit in sein Haus gekommen. Er hatte vorgeschlagen, zuerst das Modell im Keller anzusehen. Sie hatte ihn an der Hand die Treppe nach unten gezogen. Sie waren sich einig. Selig hatte er sie auf der angeschraubten Liege platziert und einen temperierten Rotwein aus dem Weinkühlschrank von nebenan spendiert. Interessiert hatte sie sich in dem Raum umgeschaut, den er sich patentieren lassen wollte. »Erzähl mal«, hatte sie gesagt.

»Meine verzogenen Enkel haben mich auf die Idee gebracht. Mein Sohn und seine Frau sind völlig überfordert, wenn einer der beiden seinen Rappel bekommt. Die schreien laut, werfen sich auf den Fußboden und setzen damit die blödesten Forderungen durch. Immer nur ich will, ich will, ich will … Pflichten im Haushalt, Zimmer aufräumen und so is nich, Mama wird es schon machen. Über Strafen wie Hausarrest oder Sportverbot freuen die sich ja noch. Auch Taschengeldsperre zieht nicht, die haben sowieso alles doppelt und dreifach. Ich habe oft gedacht, man müsste konsequent sein und sie handgreiflich bestrafen. Das hat uns doch auch nicht geschadet. Selbst mein Ben hat von mir so manche hinter die Löffel bekommen. Aber heutzutage darf man das nicht mal laut denken. Der Enkel-Bengel ist schon so schlau, dass er seinen Eltern mit dem Rechtsanwalt droht. Da ist mir der Deeskalierungsraum eingefallen, den wir im Gefängnis hatten. Den harten Jungs durften wir ja auch nicht die Kandare anlegen. Deshalb gab es diesen besonders ausgestatteten Haftraum ohne gefährdende Gegenstände: den sogenannten *Bunker*. Dort wurden sie eingesperrt, bis sie sich beruhigt hatten.«

Sie lauschte ihm aufmerksam.

»Ich habe vorsichtshalber niemandem davon erzählt. Es gibt zu viel Ideenklau. Zu allererst habe ich den Raum hier umgebaut. Das war gar nicht schwierig. Beim Arbeiten ist mir noch eingefallen, dass sich die Jungs in der JVA freiwillig beim Boxtraining abreagieren durften, um nicht im Bunker zu landen. Deshalb der Sandsack und die Boxhandschuhe. Na ja, wenn nichts anderes da ist, werden die Kids schon danach greifen. Ich will mir den Spezialraum als Patent sichern. Die größte Schwierigkeit ist es, eine Umschreibung für den Kinderknast zu finden. Bunker ist zu negativ. Karzer oder verschärfter Arrest geht gar nicht. Das gab es früher in der Schule, wenn Nachsitzen nicht half. Wie willst du Einzelhaft schmackhaft machen? Schließlich müssen Kinder und auch die Eltern den Raum als sinnvolle gewaltlose Erziehungsform akzeptieren. Dafür reicht meine Strafvollzugsfantasie nicht. Da muss so ein Werbefritze ran, der alles schönreden kann.«

»Und warum unbedingt als Patent anmelden?«, fragte sie.

»Wegen der Gefahr, dass jemand meine Idee klaut, wie ich schon sagte. Ich habe schon einige Partykeller für Bekannte umgebaut, nachdem meine verzogenen Enkel jetzt spuren. Es gibt leider viele handwerklich begabte Opas, Onkel oder Freunde, die es abkupfern können und mir damit die Kunden wegschnappen. Mit dem Geld könnte ich mich selbstständig machen. Oder vielleicht *wir*«, hatte er schelmisch bemerkt.

Sie hatte gelächelt und war darauf eingegangen: »Lass *uns* mal überlegen. Das Konzept muss heutzutage psychologisch untermauert werden. Das ist das A und O. Ich habe lange genug als Schwester in der Kinder- und Jugendpsychiatrie gearbeitet. Auch deine Idee mit den Boxhandschuhen ist gut.« Sie hatte den Blick gesenkt und leise vor sich hin gemurmelt, ab und zu den Kopf geschüttelt. Manchmal legte sie die Hände an die Schläfen, um sich konzentrieren zu können.

Er wartete geduldig, beobachtete sie beim Nachdenken und Formulieren. Als sie plötzlich aufsprang, fuhr er zusammen.

»Ich glaube, das geht«, sagte sie mit leuchtenden Augen. »Wie wäre es mit *Watzi*? Denn der Name muss etwas Positives, Wohltuendes suggerieren. Für Mama und Papa zum Beispiel ein Jacuzzi, für die Kinder vielleicht kleiner Hund, süßes Kätzchen oder so. Wenn sie nach Erziehungstipps gefragt werden, können die Eltern stolz sagen: *Ach, wir nutzen bei Problemen unser Watzi.*«

»Watzi? Was bedeutet das?«, hatte er gefragt.

»Das ist eine Abkürzung für *Wut-Ampel-Trainings-Zimmer*«, hatte sie stolz erklärt.

»Wutampel?«

»Ja, nur der Raum mit Sandsack reicht nicht. Die Kinder müssen einen Anreiz bekommen, sich selber einzuschätzen und ihre Fortschritte zu dokumentieren. Das gelingt am besten mit

Farben, also einer Ampel, die Jungen *und* Mädchen gestattet, ihre Emotionen farblich darzustellen.« Sie skizzierte und schrieb nebenbei, dann legte sie ihm die Liste vor: »Rot heißt *Stopp! Du bist zu wütend. Male den oberen Punkt rot und reagiere dich erst einmal mit Boxtraining ab.* Gelb bedeutet *Achtung! Du fühlst dich ruhiger. Denke nach, wie du beim nächsten Mal Streit vermeiden kannst. Male den mittleren Punkt gelb aus.* Grün heißt dann: *Schreib auf, was du in Zukunft besser machen willst. Dann darfst du den unteren Punkt grün ausmalen und wirst aus dem Raum gelassen.* Das klingt doch schon gut, gar nicht mehr so sehr nach Gummizelle oder Isolationshaft, was?«

»Du bist genial«, hatte er sich gefreut. »Hilfst du mir bei den Formalitäten?«

Ihre Bedingung war, dass sie gleichberechtigte Mitinhaberin des Patents wurde. Er hatte es ihr handschriftlich zugesichert. Danach hatten sie sich auf der schmalen Liege geliebt.

Drei Tage später war sie bei ihm eingezogen und sie hatten, nach Absprache mit Ben und Lolita, das *Watzi* an seinen Enkeln mehrere Male erprobt. Dadurch konnten sie das Konzept verbessern und Zusatzleistungen für die Eltern anbieten, beispielsweise eine Mithöranlage, versteckte Kamera oder verspiegelte Beobachtungsfenster wie in einem Verhörraum. So hatten die Erwachsenen jederzeit die Möglichkeit, die Maßnahme zu beurteilen oder abzubrechen.

Den Raum in seinem Keller hatte er deshalb als Vorführmodell mit allen Schikanen ausgestattet. Letztendlich priesen sie es bei Interessenten als *Raum zur Durchführung eines Konfliktlösungsprogramms für schwierige Erziehungsphasen* an. Ihre Idee.

Sie hatte dann auch die Anmeldung beim Patentamt besorgt. Beide waren als Inhaber des Patents eingetragen. Es war vereinbart, den erzielten Gewinn zu teilen, wenn sie weiterhin alle Büroarbeiten übernahm – er musste schließlich die Räume bauen.

Überraschenderweise hatten sie sehr gut daran verdient. Die Nachfrage war so groß, dass keine Werbung nötig war. Es sprach sich herum, denn solch ein Zimmer ersparte vielen Eltern den Ärger, sich in der Öffentlichkeit oder der Familie mit ungezogenen, frechen, faulen und vorlauten Kindern zu blamieren. Ganz abgesehen davon blieben ihnen peinliche Arztbesuche sowie teure Therapien bei Psychologen erspart und den Kindern die unangenehmen Nebenwirkungen der gängigen Sedierungsmedikamente. Und natürlich war der Raum auch ganz hilfreich, wenn man selbst mal seine Ruhe haben wollte.

***

Alles läuft doch bestens, denkt er. *Wir verdienen mehr als gut, machen im Alter noch einmal richtig Kohle. Warum fängt sie jetzt mit solchen Zickereien an? Weiber! Wenn's denen zu gut geht, tanzen sie einem auf der Nase herum. Nicht, dass ich noch krank, werde.*

Entschlossen öffnet er seinen Nachtschrank und greift nach der Flasche Doppelkorn. »One Klarer a day keeps the doctor away«, brüllt er ihr hinterher und freut sich über seinen Einfall. Da sich nichts rührt, nimmt er noch einen zweiten Schluck. »Heißt ja schließlich Doppelkorn«, murmelt er.

Die Stille kommt ihm komisch vor. Wenn sie doch wenigstens schimpfen würde. Er zieht die Boxershorts über und schlüpft in seine Pantoffeln. Als Erstes schaut er im Bad nach. Nichts. Dann geht er durch den Wohnbereich in die Küche, aber auch dort ist nichts von ihr zu sehen. Sie putzt nicht, sie kocht nicht. Er wird unruhig. Sorgenvoll kratzt er sich im Nacken.

Plötzlich hört er leise Musik aus dem Keller. Es ist sein Lieblingslied: *Komm unter meine Decke.* Siegessicher grinst er. Sie will sich offenbar versöhnen. *Dort, wo wir es das erste Mal miteinander getrieben haben.*

Betont langsam steigt er hinunter. Die Tür zum *Watzi* steht weit offen. Wie erwartet, sitzt sie im Negligé auf der angeschraubten Liege und klopft mit der flachen Hand neben sich. Er verkneift sich die Bemerkung, dass die Redereien über den Tod ihr wohl vergangen seien. Schwerfällig lässt er sich neben ihr nieder.

Sie springt auf. »Damals hast du Wein spendiert«, ruft sie. »Heute steht mir der Sinn nach Sekt. Bleib hier, ich hole ihn schnell.«

Er lässt sich zurücksinken und schaut sich selbstzufrieden in seinem *Watzi* um. Verwundert bemerkt er, dass jemand alle drei Punkte auf der Wutampel rot ausgemalt hat. Im selben Moment hört er die Metallbolzen der schalldichten Tür einrasten.

Alte Königskinder

Ein Mailmärchen zum Mitdenken

Vorgelesen von Trudi

Monday, October 17, 2005, 1:53 p. m.
Einladung zu einem Gespräch über Theaterstück *Stella*, heute,
4:00 p. m.
Im Café-Etablissement *Rosi*
(vis à vis meines *Garten*-Hauses)
Dero ergebenster Diener, J., geheimer Rat
(Ich übe mich in der Goethe-Sprache)

Monday, October 17, 2005, 17:52 p. m.
Autokutsche aus E. verspätet. Erst am Abend von Geschäften
heimgekehrt. Mit Bitte um Pardon, dem Wunsche des Wohl-
befindens und Grüßen,
Ergebenster Diener J.

Tuesday, October 18, 2005, 10:35 a. m.
Verweile einige Stunden im Schwanhause.
Bin aber morgen schon wieder
in dringenden Geschäften
in W. zugange
und am Donnerstag
auf der Messe
zu Frankfurt am Maine,
bevor ich heimkehre.

Gibt es unter
obwaltenden Umständlichkeiten
– lässt er fragen –
noch die Possibilität
eines Plausches,
bevor sich
Frau A. eines
Schlechteren besinnt?
Er wäre entzückt,
lässt er sagen.
Ansonsten möchte er darum bitten,
Sie mögen morgen stattdessen
in dem übereigneten Journale blättern,
das sich *Allgemeines Thüringen* nennt.
Ergebenst
Nur J. (wie Sie befohlen).

Donnerstag, 20.Oktober 2005, 23.47 Uhr

Herbsthauch
Begegnung. – So magisch.
Spaziergang. – Verzaubernd.
Gedanken. – So ähnlich.
Berührung. – Wie zufällig.
Worte. – So zärtlich.
Gefühle. – Lang vermisst.
Herzmauer. – So riesig.
Selbstschatten. – Zu breit.
Seele. – Zu ängstlich.
Herbsthauchtränen …
A.

Wednesday, January 11, 2006, 5:57 p. m.
»Edward spürte etwas Feuchtes an seinen Ohren, vermutlich Abilenes Tränen. Es wäre ihm lieber gewesen, sie hätte ihn nicht so fest an sich gedrückt. Heftiges Umklammern führte häufiger zu verknitterter Kleidung.«
Habe Ihren Rat beherzigt und mit einem Kinderbuch angefangen. *Die wundersame Reise des Edward Tulane.*
J.

Thursday, January 12, 2006, 9:30 p. m.
»Das Fräulein stand am Meere
und seufzte lang und bang,
es rührte sie so sehre
der Sonnenuntergang.
Mein Fräulein! Sein sie munter,
das ist ein altes Stück;
hier vorne geht sie unter.
und kehrt von hinten zurück.«««««««««««««.
(Sorry, Finger zu breit für Tastatur)
J.

Dienstag, 12. Januar 2006, 21.45 Uhr
»Am Anfang war das Wort …« (Goethe! :-))
Gruß, A.

Friday, January 13, 2006, 8:24 p. m.
Es sollte stehn: Am Anfang war die *Kraft*!
Doch auch, indem ich dieses niederschreibe,
Schon warnt mich was, dass ich dabei nicht bleibe.
Mir hilft der Geist! Auf einmal seh ich Rat.

Und schreib getrost: Im Anfang war die *Tat*!
J.
P.S. I love this old german poet. ☹

Er stand, verkehrt, im Abendsonnenscheine.
Da trübte Wehmut seinen Turnerblick.
Er dachte an die Loreley von Heine.
Und stürzte ab. Und brach sich sein Genick.
J.

Kleiner Busch mit roten Beeren
Leuchtet tröstend aus dem Schnee.
Lässt Gedanken wiederkehren
An die Sonne und die See.
Gruß von A.

In Hamburg lebten einst zwei Ameisen,
Die wollten nach Australien reisen.
Bei Altona auf der Chaussee, da taten ihnen die Beine weh,
und da verzichteten sie weise
dann auf den letzten Teil der Reise.
So will man oft und kann doch nicht.
Und leistet dann recht gern Verzicht.
J.

Mittwoch, 18. Januar 2006, 16.15 Uhr
Ringelnatz eine 1 für die absolut treffende Äußerung und J. ein
Ungenügend für die Frechheit, diese zu benutzen. ☹
A.
PS. Nehme zur Kenntnis, dass Sie nicht nur die Lyrik Goethes
studieren.

Wednesday, January 18, 2006, 7:00 p. m.
Jaja, das Leichte ist oft schwer zu verdauen.
Damit das Schwere leichter zu verdauen ist, folgende Zutaten,
die zudem ungeahnte Lebensenergien freisetzen:
»Die fruchtbaren Weinreben
Und auch die Rosenstöck darneben,
Mit Rosen beide rot und weiß,
Die Lilgen wohlriechend mit Fleiß,
Auch rot wohlschmacke Nägelein,
Blab Feil soll auch dabei sein.
Auch magst du darin zügeln Feigen,
Gar lustig hangen an den Zweigen.
Auch magst aufziehen gleicher Weis
Täglich auf deinen Tisch zu Speis
Rettich, Rüben und Kompaskraut,
Damit man auch füllet die Haut,
Mangolt, Kolkraut, Zwiffel, Knoblauch,
Petterlein und Salat; darnach
Magst auch bauen Kiffarbeiskraut.«
J.

Sie sollten sich nicht hinter frühneuhochdeutschen Doppeldeu-
tigkeiten verstecken! ☹
A.

»Seltsam sind des Glückes Launen,
Wie kein Hirn sie noch ersann,
Dass ich meist vor lauter Staunen
Lachen nicht noch weinen kann!
Aber freilich steht auf festen
Füßen selbst der Himmel kaum,
Drum schlägt auch der Mensch am besten.
Täglich seinen Purzelbaum.
Wem die Beine noch geschmeidig,
Noch die Arme schmiegsam sind,
Den stimmt Unheil auch so freudig,
Dass er's innig liebgewinnt.« (F. Wedekind)
J.

»Greife wacker nach der Sünde;
Aus der Sünde wächst Genuss.
Ach, du gleichest einem Kinde,
Dem man alles zeigen muss.
Meide nicht die ird'schen Schätze:
Wo sie liegen, nimm sie mit.
Hat die Welt doch nur Gesetze,
Dass man sie mit Füßen tritt.
Glücklich, wer geschickt und heiter

128

Über frische Gräber hopst.
Tanzend auf der Galgenleiter.
Hat sich keiner noch gemopst.«
(Auch Wedekind. In meinem Sinne!)
J.

Sunday, January 29, 2006, 9:30 p. m.
»Es waren zwei Königskinder,
Die hatten einander so lieb,
Sie konnten zusammen nicht kommen,
…«
Es war kein Fährbetrieb!!!
Good bye, J.

Montag, 30. Januar 2006, 16.30 Uhr

Stimmt, aber auch Edward hat recht:
»Sie müssen darauf neugierig sein,
wer Sie als Nächster lieben wird
und wen Sie als Nächsten lieben werden.«
(Und mehr auf den Seiten 128/129). Ich habe eine halbe Stunde
geweint. Das Buch trifft es ja sooooo schön!
Gruß, A.

Thursday, October 12, 2006, 5:45 p. m.
… guten Nachmittag, liebe Frau A., sitze hier im letzten
Herbstsonnenlicht des Tages am 12.10. und hätte große Lust,
Sie wiederzusehen. Dummerweise nicht nur zum very sophisti-
cated talk. Na ja, sorry, war ein Versuch. Nehmen Sie's mir
nicht übel, sondern einfach als Kompliment.
Bye, J.

Der Winter ist vergangen,
die Nachtigallen sangen.
vorgestern noch wie toll.
Doch von einer Dame schön.
ich gar keinen Laut vernehm
in Dur nicht und in Moll.
J.

Montag, 4. Juni 2007, 11.23 Uhr
Hallo, lieber J., die neue Romantik ist ausgebrochen – wie
wunderbar in dieser trostlosen Zeit! Nehme es als nachträgli-
chen Geburtstagsgruß und werde mich bald revanchieren.
Lieben Dank sagt
A.

Friday, June 8, 2007, 4:05 p. m.
Spontan ist Frau von A. mitnichten,
da helfen weder Sang noch Dichten.
Vielleicht komm ich ihr in den Sinn,
wenn ich mal dreiundachtzig bin.
Doch ob mein Sinn dann noch parat?
Da ist zu zweifeln – in der Tat.
J.

Monday, September 27, 2007, 5:40 p. m.
Zu lange verweht vom Winde.
Dass ich Sie je wieder finde,
zwischen hellem Tag und Traum,
das – verzeihn Sie – glaub ich kaum.

Deshalb hier zum letzten Mal:
Ein Gruß mit Kuss aus fernem Tal.
J.

Wednesday, October 7, 2007, 1:56 p. m.
LAST CALL FRANKFURT
Zwar sind Sie schon wieder mal im Loch des Funkens ver-
schwunden, liebe Frau A., trotzdem folgt hier eine Botschaft:
Würde mich freuen, wenn Sie mich am Freitag zur Messe be-
gleiten.
Bye, J.

Mittwoch, 7. Oktober 2007, 16.15 Uhr
Zu tief der Pool (komme gerade vom Schwimmen),
die Reise weit.
Deshalb die Mail:
Hab keine Zeit.
Gruß, A.

Sunday, November 5, 2009, 8:54 p. m.
Hach, ob wohl die Lust sich bindet,
wenn man in 'nem Pool verschwindet?
Denn zurück im wahren Leben.
Grüßt sie mich, als sei sie eben.
Kurz mal in die Stadt gelaufen.
Ich könnt mir die Haare raufen!
S' ist, als ob der Igel spricht:
Hallo, du, beeil dich nicht.
Bin schon da, was willst du machen?
E-Mails schreiben und so Sachen?

Täusch dich nicht: Ich bin präsent,
so lang in dir ein Lichtlein brennt.
Dichter J.

Sunday, December 31, 2007, 00:00 (Midnight!"
Ade der Welt und kein Zurück,
habe gar nichts mehr zu hoffen!
Nur einmal schienen meinem Glück.
der Sterne Pfade offen.
Best wishes von J.
P.S. Frau A., auch im Jenseits werden Sie mir fehlen.

Dienstag, 1. Januar 2008, 2.30 Uhr
Farewell!
Wenn die Sterne wieder sprossen.
In alter Märchen Formation,
Vermiss ich sein Säuseln voller Possen,
werd' sterben noch, an Depression.
A.

… Klick! – *gelöscht.*

Der perfekte Fehler

Vorgelesen von Marga

Der Sonnenschirm auf dem Balkon stand schief, ansonsten wirkte alles unverändert; jegliches befand sich an seinem Platz. Türen und Fenster waren geschlossen, der Sicherungsriegel an der Panoramascheibe war umgelegt und eingerastet. Trotzdem hatte der Mann das Gefühl, nicht allein zu sein. Er fühlte sich unwohl und war beunruhigt.

Er stand mitten im Raum. Sein Haar steckte unter einer Plastikhaube, er trug Gummihandschuhe und über den Schuhen Kunststoffgaloschen. Auf der Brust hing ein Mundschutz. Die rollbare Reisetasche trug er am Gurt über der Schulter. Der Klettverschluss am Außenfach war offen, es war leer. Ohne sich zu bewegen, ließ er den Blick durch den weitläufigen Wohnbereich wandern.

Die Küchenzeile glänzte aufgeräumt. An der Bar mit den Essplätzen standen die zwei hochbeinigen Hocker, die Sitzflächen im rechten Winkel zueinander ausgerichtet, wie er es liebte. Dort hatten sie immer gesessen, lächelnd einander zugewandt, manchmal die Köpfe zusammengesteckt, um zu flüstern, obwohl sie allein waren.

Das breite Schlafsofa stand im richtigen Abstand vor der gläsernen Balkonfront. Die Spur des Staubsaugers auf dem weichen Läufer war nicht zertreten. Seine gekämmten Fransen lagen ordentlich drapiert entlang der Kanten.

Der Mann bewegte sich immer noch nicht. Schemenhaft spiegelte sich sein regungsloser Körper im Fensterglas. Die Vorhänge hingen gerade, die Falten waren gleichmäßig angeordnet – auf jeder Seite 21. Nur der Balkonschirm draußen stand widerlich schief und hatte sogar ein dunkles Loch im verblichenen Stoff. So etwas bescherte ihm Unbehagen. Er wusste, dass nicht dieser Schirm für sein ungutes Gefühl verantwortlich sein konnte, doch war er das einzige störende Element in der perfekten Wohnung. Der Mann schloss die Augen und neigte lauschend den Kopf; lange, dann ließ er den Blick weiter schweifen.

Mit der versteckten Tapetentür vor der zweiten Schlafgelegenheit schien alles in Ordnung zu sein. Die Muster darauf waren so akkurat geklebt, sodass sie mit der Fläche verschmolzen. Man konnte die Tür nur bewegen, wenn das Klappbett dahinter senkrecht stand und der Bettkasten korrekt geschlossen war. Prüfend glitt der Blick des Mannes über die vorgetäuschte Fußbodenleiste.

Direkt neben der geheimen Nische befand sich der Eingang zum Badezimmer. Beide besaßen eine gemeinsame Verbindung zum Luftschacht. Damit die Zirkulation gewährleistet war, ließ er die Badtür stets zehn Zentimeter offen. Heute war sie geschlossen. Er zog den Mundschutz bis über die Nase.

Der Mann konnte abgestandene Luft nicht ertragen. Überhaupt verursachten ihm intensive Gerüche oder Düfte jeglicher Art Brechreiz. Besonders schlimm war der Geruch von Blut. Davon wurde ihm schlagartig übel und sein Kreislauf machte schlapp. Manche Menschen können kein Blut sehen. Er hingegen ertrug den Anblick, aber das süßliche eisenhaltige Duftgemisch ließ ihn unweigerlich ohnmächtig werden – sogar bei eigenen Wunden, die er sich ab und an selbst zufügte.

Das hatte er schon in der Kindheit ausprobiert. Dadurch wusste er, dass seine Ohnmachten nur kurz andauerten. Bei diesen Selbstversuchen hatte er jedes Mal auf die Uhr geschaut, bevor er sich dem Blutgeruch aussetzte. Nach exakt sechsunddreißig Sekunden war er wieder bei vollem Bewusstsein. Er lernte, die Stürze zu steuern, indem er trainierte, wie er sich fallen lassen musste. Mit diesem geheimen Wissen hatte er sich schon mehrfach Alibis verschafft.

Endlich bewegte sich der Mann. Zielstrebig trug er die Tasche in den Küchenbereich und stellte sie auf der Arbeitsplatte ab. Dort zog er den Reißverschluss des Hauptfaches zurück und klappte sie auf. Sie enthielt alles, was er brauchte, sogar ein Staubwedel mit Teleskopstange lag bereit.

Er hängte den Handgriff der Tasche in einen Karabinerhaken, den er an seinem Gürtel befestigt hatte. Dann ließ er seine Schultern kreisen, zog den Mundschutz zurecht und kontrollierte den Sitz der Handschuhe und Galoschen. Ohne Pause reinigte er die gesamte Wohnung ein zweites Mal. Er putzte gründlich und effektiv. Alle Arbeitsschritte waren so geplant, dass er die gesäuberten Bereiche nicht wieder betreten musste. Er zwang sich, nicht nach dem schief stehenden Balkonschirm zu schauen. Da draußen war er nie gewesen.

Als er mit dem Bereich der Diele fertig war, öffnete er leise einen Spalt breit die Wohnungstür. Da nichts zu hören war, klinkte er die Tasche aus und stellte sie nach draußen. Dann machte er einen Schritt über die Schwelle. Auf dem Abtreter streifte er Haube und Mundschutz ab und zog die Kunststoffhüllen von den Schuhen. Alles steckte er in eine Mülltüte, die er verschloss und wegpackte. Bevor er die Tür zuzog, warf er einen letzten Blick durch die Wohnung auf den schiefen Schirm. Ihn fröstelte. Eilig wischte er den Schlüssel ab und warf ihn durch den Briefschlitz in die Wohnung zurück. Im selben Moment wurde ihm klar, dass er einen Fehler gemacht hatte.

Der Unglücksfelsen

Vorgelesen von Dana

Der Mann wohnte im Weinberg über der Unstrut. Passend zur Umgebung hatte er als Behausung ein riesengroßes altes Holzfass gewählt. Er konnte es der Winzergenossenschaft abschwatzen, als er in Rente gehen musste. Sie hatten es blumig verlogen zum Abschiedsgeschenk erklärt, dabei sollte es sowieso ausrangiert werden.

Inzwischen war sein langes Haar grau und der dichte Bart fiel bis auf die Brust. Die Leute nannten ihn *Diogenes*, manche sagten auch *der Weise vom Weinberg*. Andere nannten ihn *Spinner*.

Das Fass war gleichzeitig Eingang und zentraler Raum seiner Weinberghütte. Er musste sich bücken, wenn er eintreten wollte. Viele Jahre hatte er daran gewerkelt, es gut isoliert und Teile angebaut. Nun gab es mittig über dem Fassbauch einen verglasten Ausguck, der wie ein Leuchtturm wirkte. Die Scheiben ließen sich sowohl nach innen als auch nach außen kippen. Dadurch war es ihm möglich, zusätzliche Sonnenstrahlen auf seine Rebstöcke zu lenken. Das hatte er sich bei einem chilenischen Weingutbesitzer abgeguckt.

Links und rechts vom Riesenfass hatte er in Handarbeit das abfallende Gelände planiert, außerdem einen Erdkeller gebuddelt und darüber eine geräumige Küche mit Kamin gemauert. Auf der gegenüberliegenden Seite gab es einen Hühnerstall und Kaninchenboxen mit Gittertüren. Darüber schwebte, von stabilen Stelzen gestützt, seine Schlafkoje. Ein wackeliges Windrad trieb einen einfachen Stromgenerator an. Mit einer alten Persenning fing er Regenwasser auf und sammelte es in einer Zisterne. Zum Baden stieg er den steilen Weg zum Fluss runter, auch im Winter.

Von seiner letzten Fahrt nach Nordamerika hatte er sich eingetopfte Essigbäume mitgebracht und sie als Windschutz und Zierde an den oberen Rand des Grundstückes gepflanzt. Am geschützten, sonnigen Hang überwinterten kleine Zitronenbäumchen zwischen den Rebstöcken. Im Keller standen mehrere gläserne Ballons, in denen er Wein aus den eigenen Trauben reifen ließ. Auf schmalen Terrassen wuchsen Gemüse und Obst. Zum Würzen benutzte er essbare Wildkräuter wie Bärlauch, Beifuß und Spitzwegerich. Selten gönnte er sich einen Kaninchenbraten. Dazu dünstete er *Kleine Braunelle*, die wie Spinat schmeckt, mit Zwiebeln in Öl. Pilze suchte er sich im nahe gelegenen Forst.

Seine Ernährung war sehr gesund. Ohne die graue Mähne hätte man ihn für einen weit jüngeren Mann gehalten. Täglich absolvierte er ein Fitnessprogramm und stemmte schwere Hanteln. Sein Körper war drahtig durchtrainiert.

Einige Frauen besuchten ihn, kamen aber kein zweites Mal. Der einzige Dauerbewohner seiner Nachbarschaft, der in Hörweite wohnte, war ein Mann in der Midlife-Crisis, der sich als Kunstmaler selbst verwirklichen wollte. Ihr Kontakt beschränkte sich auf knappe Zurufe.

James lebte fast wie ein Eremit. Ihm war es recht, er wollte es so. Das hing mit seiner traurigen Kindheit und verpfuschten Jugend zusammen.

Sein Vater galt als der ungekrönte Winzer-König vom Unstruttal. Schon seit vielen Generationen bauten seine Vorfahren in dieser Region Wein an. Belegt war das durch eine Urkunde von Kaiser Otto III., in der schon 998 der Weinbau erwähnt wird.

Wenn seine Mutter lächelte, war der kleine Junge glücklich. Beides kam selten vor. Er war der ungeliebte zweite Sohn. Die Mutter hatte auf ein Mädchen gehofft. Es sollte eine *Felicitas* werden, passend zu Felix dem Erstgeborenen. Der bekam mehr von ihrem seltenen Lächeln ab. Eigentlich lächelte sie nur für den großen Bruder.

Er selbst war auf den Namen Rudolf-James getauft worden. Zu allem Unglück hatte er als Baby rötliches Lockenhaar. Sein Vater nannte es *kupferblond* und hatte auf einen irischen Vorfahren verwiesen. Das wurde akzeptiert und alle riefen ihn *Jamie*. Nur seine Mutter nannte ihn bei seinem Erstnamen, wenn sie ihn überhaupt ansprach. Das hörte sich an wie *Rrrrudoof*. Felix hatte daraus *Rudi ist doof* gemacht und ihn bei jeder Gelegenheit damit gehänselt. Als Kleinkind hatte James gelitten, oft geweint und den Bruder heimlich gehasst. Später machte er gute Miene zum bösen Spiel, weil er begriff, dass der nicht an dieser Situation schuld war.

Er bekam dieselbe gute Ausbildung und großzügige Ausstattung wie sein Bruder Felix. Erbe des großen ertragreichen *Weingutes Breuer* war allerdings der Erstgeborene. Dafür stand Jamie die ganze Welt offen. Auch er, aus gutem Hause, gebildet und finanziell abgesichert, konnte in eine rosige Zukunft blicken.

Felix heiratete plötzlich und völlig überraschend die gerade 18 gewordene Tochter eines benachbarten reichen Winzers. Alles war vonseiten der beiden Eltern arrangiert worden. Es hatte finanzielle und machtpolitische Gründe, Gefühle waren nicht im Spiel. Für Jamie allerdings war es eine furchtbare Katastrophe, denn dieses Mädchen war seit Kindergartenzeiten seine große Liebe. Sie wurde wegen ihres langen blonden Haares die *Loreley von der Unstrut* genannt oder einfach *Lorly*. Da sie noch minderjährig war, hatten sie sich heimlich treffen müssen. Für ihr Zusammensein wählten sie den sogenannten *Unglücksfelsen*, der von den Menschen gemieden wurde. Nur einer hatte davon gewusst: Felix. Dass der ihm Lorly wegheiratete, hatte James als grausamen Verrat empfunden. Nun hatte er einen wirklichen Grund, ihn zu hassen.

Auch Lorly war todunglücklich. Trotz der Heirat traf sie sich weiterhin mit James. Leider wurde sie sehr schnell schwanger. Felix war stolz, doch Jamie wusste, dass genauso gut er der Vater des Kindes sein konnte. Das wollte er nicht ertragen und gestand seinem Bruder den Ehebruch. Am selben Tag stürzte die junge Frau an der höchsten Stelle von dem verfluchten Felsen in die Unstrut. Sie konnte nur noch tot geborgen werden. Deshalb verließ Jamie fluchtartig die Heimat, wodurch der Verdacht aufkam, er sei an ihrem Tod schuld. Sein Bruder behauptete sogar, dass James erst ihn zusammengeschlagen und dann Lorly hinabgestoßen hätte. Er beeidete, es mit eigenen Augen gesehen zu haben. Jeder glaubte ihm, denn welcher Mann würde seinen eigenen Bruder zu Unrecht ans Messer liefern?

In Wahrheit hatte Felix, rasend vor Eifersucht und Schmerz, auch Jamie töten wollen. Er hatte das letzte Treffen der beiden Liebenden beobachtet und sie verfolgt. Blind vor Wut hatte er seine Frau in den Abgrund gestürzt und hinterhergestarrt. Noch ehe er sich umwenden konnte, war er von James zu Fall gebracht worden. Er hatte so lange auf ihn eingeschlagen, bis er leblos liegen blieb.

James glaubte, seinen Bruder ermordet zu haben, und floh über Ungarn und slowenisches Gebiet bis Triest, wo er während der Weinlese bei einem Winzer Schwarzarbeit bekam. Von dort aus gelangte er anschließend als blinder Passagier mit einem Containertransporter nach Frankreich und tauchte in der Fremdenlegion unter. Später erfuhr er, dass sein Bruder lebte und ihn beschuldigte, Lorly den todbringenden Stoß versetzt zu haben. Der Hass loderte erneut auf, hatte zusätzliche Nahrung bekommen. Jamie konnte seine Wut kaum zügeln, dennoch kehrte er nicht sofort zurück. Er begriff, dass er für seinen Rachefeldzug einen klaren Kopf und ein kühles Herz brauchte. Er würde Felix schon beweisen, dass er kein *doofer Rudi* war.

Nach mehreren Jahren Kampfausbildung und Erfahrung im Töten hätte er in der Legion Karriere machen können, doch er stieg aus, als er seinen größten Zorn abreagiert hatte. Danach fuhr er als Seemann um die halbe Welt. Zwischendurch pausierte er und arbeitete in verschiedenen ausländischen Weinregionen. Dadurch erlangte er zusätzliches Wissen über Traubensorten, Anzucht und Ertragssteigerung. Doch nie verließ ihn der Gedanke an Rache. Er ließ sich Zeit, um den perfekten Mord an seinem Bruder Felix zu planen. Diesem Ziel ordnete er alles unter.

Als sein Pass einmal durch einen Brand auf hoher See fast unleserlich geworden war, nutzte er die Chance. Ohne Probleme wurde beim nächsten Landgang statt *Breuer* der Familienname *Brenner* in die neuen Dokumente eingetragen.

Erst viele Jahre später kehrte er unter diesem Namen unerkannt in die Heimat zurück und arbeitete als einfacher Angestellter in einer Kelterei. Dort galt er als verschlossen, denn er pflegte keine Freundschaften und sprach nur das Nötigste.

Doch aufgrund seiner Kenntnisse in Weinanbau und Traubenverarbeitung sowie seines Fleißes wurde er geachtet. Keiner seiner Kollegen ahnte, wer sich hinter der eigenbrötlerischen Fassade verbarg.

Auf seinen Reisen hatte James jeden Verdienst gespart. Für ein Minimum seines Vermögens erwarb er den verwilderten Weinberg, der wenig ertragreich war. Von dort aus konnte er die Stelle von Lorlys Absturz sehen. Jeden Tag erinnerte ihn der Blick auf die hohe Felswand an den Tod seiner Geliebten und den Verrat seines Bruders. Wenn im Herbst das brandrote Laub auf der Hügelkuppe in der Abendsonne aufflammte, wünschte er ihn in die Hölle.

In der Umgebung galt er nicht nur als weise. Bei seinen seltenen Einkäufen in Geschäften oder auf Märkten hatte er mit wenigen Bemerkungen bewusst den Eindruck erweckt, auch hellseherische Fähigkeiten zu besitzen. Er wusste, dass die Leute vom Unstruttal abergläubisch waren. Deshalb besuchte kein Einheimischer Lorlys Absturzstelle auf dem sogenannten Unglücksfelsen, aber so mancher pilgerte heimlich zu ihm in den Weinberg, um sich beraten zu lassen. Für James war es von Vorteil, dass er die meisten Familien von früher kannte. Inzwischen hatte er umfangreiches Hintergrundwissen über aktuelle wirtschaftliche Verfilzungen, familiäre Beziehungen oder finanzielle Abhängigkeiten sammeln können. Außerdem wusste er Bescheid über geheime Verkaufsverhandlungen oder Übernahmepläne, Rechtsstreitigkeiten, Personalsituationen und Vermögenswerte der Winzerfamilien. Was an Informationen noch fehlte, um die Zusammenhänge richtig zu deuten, verrieten ihm seine seltenen Gäste bei den *Beratungsgesprächen* unwissentlich selbst. So war es ihm ein Leichtes, die Leute, die ihn um Hilfe baten, zu verblüffen und zu manipulieren.

Besonders akribisch hatte er Material über das familieneigene Weingut und seinen Bruder gesammelt. Nach seinen Recherchen war er sich sicher, dass es nur eine Frage der Zeit war, bis auch Felix bei ihm auftauchen würde. Doch er hatte gelernt zu warten und seinen Zorn zu zügeln. Ein kleines bisschen genoss James sogar die Vorfreude auf seine Rache.

In der Zwischenzeit pflegte er sein Image. Pro Monat empfing er höchstens eine Person und das nur nach vorheriger Anmeldung.

Wer sich bei ihm Rat holte, erhielt ernsthafte Lösungsvorschläge für sein Problem, bekam aber nur diffuse Andeutungen über deren Erfolgschancen zu hören. Um diese zu verbessern, musste ihm jeder versprechen, eine gute Tat zum Gemeinwohl zu leisten. Diese Aufgaben wählte James im Vorfeld sorgfältig aus. Den betreffenden Leuten verkaufte er sie als spontane Einflüsterung seines Geistes, den er *die gerechte Macht* nannte. So wurden viele soziale Projekte realisiert, für die es kein Geld aus öffentlichen Kassen gab. Sein Walten zum Wohle der Allgemeinheit sprach sich schnell herum, dadurch wurde er für die Menschen fast zum Heiligen.

Viel schneller als erwartet ließ sich Felix einen Termin reservieren. Als er endlich vor ihm stand, war Jamie völlig überrascht. Obwohl sie nur wenige Jahre trennten, stand ein übergewichtiger gebeugter Mann vor ihm, der wesentlich älter aussah. Er schwitzte stark vom Aufstieg in den Weinberg und war leichenblass. Während sie sich zunickten, irrte Felix' Blick immer wieder Richtung Unglücksfelsen.

Er begründete seinen Besuch damit, dass er das umfangreiche Erbe regeln wolle, bevor er starb. Er hätte keine Nachkommen und seinen einzigen Bruder habe er vor Jahrzehnten durch einen Meineid zur Flucht aus der Heimat getrieben. Nun wollte er wissen, ob dieser noch am Leben war. Die Polizei könne er nicht um Hilfe bitten, weil er sich sonst selbst belasten würde. Deshalb wollte er die übersinnlichen Kräfte seines Gastgebers nutzen.

Oft hatte Jamie ihre Konfrontation in Gedanken durchgespielt, doch jetzt war er wie gelähmt und eine Gänsehaut überzog seinen Körper. Er schlug die Hände vors Gesicht und senkte den Kopf, um sich zu sammeln. Dann richtete er sich auf und schaute seinem Bruder in die Augen. Der drehte sich sofort weg und heftete den Blick wie gebannt auf den Felsen. Die Frage, wo er den Gesuchten zum letzten Mal getroffen hatte, beantwortete Felix nicht. Ohne den Blick zu lösen, machte er nur eine Kopfbewegung in dieselbe Richtung.

Jamie schlug vor, gemeinsam diese Stelle aufzusuchen. Wenn der Bruder noch lebte, würde der sich ebenfalls öfter an ihr letztes Zusammentreffen erinnern. Dann bestünde die Möglichkeit eines positiven Energiezusammenflusses. Diese Konstellation sei Voraussetzung, um überhaupt versuchen zu können, mit der *gerechten Macht* in Verbindung zu treten.

Dazu schien sich Felix aber nicht entschließen zu können. Unsicher schaute er zwischen dem Berg und James hin und her. Seine Zweifel seien berechtigt, bestätigte dieser, deshalb bedürfe es auch einer sehr großen Geste, damit die *gerechte Macht* sein Anliegen unterstütze. Langsam hob James beide Zeigefinger, ließ seine Lider sinken und tat, als ob er lausche. Er nahm sich viel Zeit. Dann fragte er, ob Felix jetzt und hier bereit sei,

143

in seinem Beisein ein handschriftliches Testament zugunsten seines Bruders als Alleinerbe aufzusetzen, auch wenn nicht sicher wäre, dass dieser noch am Leben sei. Als zweiten Zeugen würde er seinen Nachbarn, den Kunstmaler herbeirufen. Ein Seufzer und ein stummes Nicken waren die Antwort.

Als das kurze Schriftstück fertig und unterschrieben war, machten sich beide an den Aufstieg zum Felsen. Der Wind wehte blutrotes Laub über den Berg.

Anfangs hörte James noch das schwere Keuchen hinter sich, doch der Abstand wurde größer. Oben auf der Kuppe führte der Pfad durch ein dichtes Wäldchen, sodass plötzlich Stille herrschte. Der Weg war fast von Farnkraut zugewuchert, weil sich hierher nur noch selten jemand verirrte. Im Dämmerlicht schlängelten sich bemooste Bruchholzäste, die wie grünliche Urzeitechsen wirkten, zwischen James' Füße. Ihm schien, als wollten sie ihn an seinem Vorhaben hindern. Wütend trat er sie zur Seite.

Lange vor seinem Bruder erreichte er das Plateau. Das gab ihm Zeit, über die Vollendung seines Racheplanes nachzudenken. Er war unsicher geworden, was ihn noch wütender machte, sodass er am ganzen Leib zitterte. Wahrscheinlich würde Felix sowieso bald sterben. War das nicht Strafe genug? Lohnte es sich, in seinem Alter diesen Mord zu begehen? James krümmte sich vor innerer Anspannung. Er wollte seine Rache. Felix sollte leiden und er sollte erfahren, wie es sich anfühlt, wenn man zu Unrecht als Mörder beschuldigt wird. Tief holte er Luft und trat entschlossen an die Felskante. Als der Bruder endlich ächzend neben ihn trat, starrten sich beide an. Diesmal hielt Felix dem Blick stand. In seinen Augen flackerte ein ungläubiges Erkennen auf. Unten rauschte die Unstrut.

Dank:

Mein Dank gilt allen, die mich mit sachdienlichen Hinweisen unterstützt haben – besonders aber meiner Schwester A. Koch, deren Rotstift mich vor so manchem Fehler bewahrt hat, Dr. G. Kunzendorff für das Coverbild sowie E. Kinting für seinen umfassenden Lektoratsservice.

Die Autorin

Barbara Boy absolvierte nach dem Abitur ein Studium in Germanistik und Kunstge-  schichte an der *Pädagogischen Hochschule* in Erfurt sowie Ende der Achtzigerjahre ein weiteres an der *Humboldt-Universität* Berlin in Sprach- und Kommunikations- wissenschaften sowie Rehabilitationspä- dagogik. Darauf aufbauend erfolgte 1993, nach entsprechendem Studium in Bayern, die Anerkennung für Sonderpädagogik und deutsche Sprache an der *Universität Würzburg*. Bis 2008 war die Autorin an ver- schiedenen Schulen und Förderzentren tätig. Nach zwanzig Jahren in Unterfranken/Bayern lebt und schreibt sie heute in Berlin.

Ihr Motto: Fantasien sind die Flügel fortschrittlichen Denkens.

Veröffentlichungen:

Traumschuster
Roman, Edition Nautilus, Hamburg 2001
ISBN 3-89401-374-5

Liebesbriefe aus Budapest
Briefroman, Privatedition 2006

Wolkenschmied
Roman, AXON Verlag, Querfurt 2007
ISBN 978-3-939325-06-2

Sex über sechzig – Kurzgeschichten
AXON Verlag, Querfurt 2011
ISBN 978-3-939325-18-5

Liebe in Zeiten der Wende.
Roman, Pro Business Berlin 2015
ISBN 978-3-86386-944-1

Goethes Doppelspiel
Roman, tredition, Hamburg 2019
ISBN 978-3-7497-7342-8

Zeitfracht Medien GmbH
Ferdinand-Jühlke-Straße 7
99095 Erfurt, Deutschland
produktsicherheit@kolibri360.de